U0024662

古玩人生

之四 後生可畏

鬼徒／著

古玩人生之四 後生可畏

目錄

第一章

造假也能撿漏

除去表皮造假之處，整塊翡翠原石，
竟然還有多達三處的造假痕跡。
中間修復縫隙的方法給賈似道感覺不太一樣。
應是有三批人，都對這塊白沙皮原石進行過切割，
只是都沒有切出什麼好的翡翠來，
因此反而讓賈似道給撿漏了。

不過，不明白歸不明白，王彪還是找來平台上的那兩個民工，先後把他所選的兩塊翡翠原石，都給抬到了切割機的邊上。賈似道注意到，王彪選中的其中一塊，個頭還挺大的，足有四五十公斤左右，表皮呈現出一種黑蠟色，泛著一絲詭異的光華。

這樣的原石，就表皮來看，還是比較容易切出翡翠來的。也不知道主辦方的人，怎麼就把這樣的翡翠原石給淘汰到「大賭石」的場所來了。另外的一塊，則是和白沙皮原石一樣大小，大概在十來公斤左右，被人開過窗口的。

王彪的解釋，那塊大的，算是以他的名義挑選出來的。而小的這塊，自然是劉芳的。說是這麼說，四個人心裏都明白，這還是王彪和賈似道兩個人的賭局。分攤到四個人的頭上，無非是給兩個男人一次交手的機會而已。

畢竟，事先所說的，可是只比最好的那一塊。

「小賈，是先解開你的呢，還是我這邊的先來？」王彪頗為自信地問。

「還是王大哥先請吧。」賈似道直接地做了個「請」的動作。而就在民工把黑蠟色的原石抬到切割機上的時候，賈似道似乎想到了什麼，問了一句：「對了，王大哥，我們這比的，是整塊翡翠原石的價值呢，還是僅僅比翡翠中最好的部分。比如同等質地的情況下，就比誰的翡翠顏色更好嗎？」

「呃，這個……」王彪轉頭看了那塊黑蠟色的原石，不禁有些無語。

「這有什麼分別嗎？」劉芳不太瞭解翡翠這一行，不解地問了一句。

「呵呵，這裏面的差別，可大了。」李詩韻倒是有些明白過來。不知是為了緩解賈似道和王彪之間的尷尬氣氛，又或者是純粹要解釋給劉芳聽，故意大聲說道：「一般來說，一塊翡翠原石裏面，很有可能切出種地、水頭都不太相同的翡翠來的。如果只比最好的部分的話自然是就單單比最出色的那一小部分了。但如果是比整塊翡翠原石的價值。那麼這塊原石邊角料都要計算在內，雖然價值不大，但是在主要翡翠品質上頗為相似的情況下，邊角料卻也可以左右比試的勝負，這麼一來……」

說著，李詩韻還有意無意地看了一眼那塊四五十公斤重的黑蠟色翡翠原石。

「這麼一來，個頭大的自然是佔便宜了，是不是？」劉芳覺得自己有些想明白，便興奮地問了出來。

而邊上的王彪，聞言則是倍顯尷尬，不由得咳嗽了幾聲。說起來，要是賈似道不提，他還真沒想到這些，在挑選翡翠原石的時候，誰會事先想到這個呢？就是賈似道，也不過是在剛才那一瞬間才想起來的。

「小賈，這樣吧，我看，我們還是比誰能切出最好質地和水頭的翡翠來，如何？」王彪琢磨了一下，開口說道。

「也好。」賈似道自然不會拒絕。如果真要是黑蠟色的翡翠原石，切出翡翠來，只要品質不是很差，賈似道想要以小小的兩塊翡翠原石中的一塊來取勝，除非是切出玻璃種的，並且顏色很正的翡翠，才有機會勝出。

這種機率，明顯還不如直接賭誰能切出最極品的翡翠來呢。

「那老哥我就開始啦？」王彪深吸了一口氣，正準備親自動手切石呢。賈似道伸手攔了一下，說道：「等一下，王大哥，這個你先拿著。」

說話間，賈似道的手裏，已經攥著兩萬塊錢了。

「呵呵，老哥我倒是忘記了。」王彪也不介意，拍了拍自己的腦門，順手就收下了。這可不是見外的時候，親兄弟還要明算賬呢。要不然，賈似道挑的翡翠原石，真要切出極品的翡翠來，王彪有心據為己有的話，可就說不清楚了。

畢竟，這購買翡翠原石的錢，還是王彪一開始的時候代為支付的。

因為就在兩個人挑選原石的時間裏，也有好幾個人切過石了，並沒有出現什麼好的翡翠來，圍觀的眾人中，見到王彪的舉動之後，倒也沒有一開始的時候那種期待和嘈雜了。不過，王彪可不會因此而有所失望。

相反，周圍環境的安靜，倒是能讓他的心更加沉浸在自己切石舉動中。切石的動作，也顯得更加流暢起來，即便是平台上坐著的主辦方的那位行家，也不由得看著眼前一亮。

而在「隆隆」的切割機聲響過後一片薄薄的原石切片，就出現在大家的眼前。

王彪並沒有因為是「大賭石」中挑選出來的原石，就掉以輕心，隨意應付過去。切石的時候，也是根據原石表皮的表現來的，講究的就是一個字：穩。

這第一刀下去，並沒有見綠，也還算是在預期之內。但是，切面上已經隱隱露出了部分翡翠的質地。這讓王彪的笑意更濃郁了一些。直到慢慢地把翡翠原石大半切開之後，王彪的笑意，就開始變得有些得意了。

豆種的水綠色翡翠。

這要是在平時，還只是中檔偏上的水準。但是現在，卻讓王彪看到了勝利的希望，他回頭無不得意地看了賈似道一眼。賈似道只能是笑笑，也不著急。倒是劉芳，顯得很高興。

而圍觀的眾人，在看到切出翡翠的時候，早就熱鬧開來了。有人羨慕，有人選擇了也進入場拚一把，更有的是在跺足歎息，摸了摸口袋，實在是沒帶足夠的錢啊。

「小賈，要不要換你來試一把？」王彪看了一眼賈似道的那兩塊翡翠原石，問道。

「還是王哥你繼續吧，我這邊不急。」賈似道指了指劉芳，在她的邊上，還有一塊小的翡翠原石沒切開來呢。

「那我就不客氣了。」王彪應了一句。趁著手熱，他的動作倒也很快。只是這一回，似乎好運並沒有連續地降臨到王彪的頭上，這第二塊原石只是一塊廢料，其中的翡翠倒是出現了，只不過質地不好不說，還鑲嵌著無數雜質，叫人心寒，連一兩千塊都沒有人敢收呢。

「唉。」王彪拍了手歎了口氣。不過，在看到那塊水綠色翡翠的時候臉上的笑容，依然很燦爛。不說即將到手的賭注吧，光是這塊黑蠟色的翡翠，因為體積的關係，即便切除那些表現不好的地方，也足以讓他賺取幾十萬的利潤了。

當即，邊上就出現了幾個個體戶商人，想要立即收過去呢。價格都已經開到了四十萬，王彪猶豫了一下，看了看賈似道，愣是沒有答應下來。

賈似道倒是笑著說了句：「王哥，如果覺得價格合適的話，你就出手吧。要不然，帶著這麼一塊大傢伙，我們晚上的時候，也不方便。再說了，不就是豆種的水綠色翡翠嘛，咱們誰輸誰贏，還不一定呢！」

「哦，這麼說，小賈你倒是很有信心啊。」王彪眉頭一皺，看著賈似道的兩塊翡翠原石，就多了些疑惑的目光。

「對哦，小賈，我們的原石，該不會有什麼問題吧？」李詩韻站在賈似道的邊上，自從王彪解出翡翠的時候開始，雙手就緊緊地抱住了賈似道的手臂，在讓賈似道感覺到香豔的同時，也感受到了她內心裏的緊張。

「放心吧。」賈似道很自然地拍了拍她的手，讓自己的手臂順利地脫離出她的懷抱之後，才彎腰抱起烏沙原石，走向了切割機。圍觀的眾人，不禁又開始了一番好奇的等待。至於是不是期待賈似道切出綠色翡翠來，就不得而知了。

先前王彪切垮了第二塊翡翠原石的時候，那番熱鬧的景象，可遠要比他切出水綠色翡翠的時候來得更加熱烈一些。人們雖然希望看到奇蹟，但是，這奇蹟要是生在別人的身上，而且，是接二連三地發生，那麼自己的心情恐怕就不會那麼好了。

反倒是看到別人，也不過是和自己一樣，只是憑藉著偶爾的運氣才切漲了而已，才比較能接受一些吧。

所以，在看到賈似道緊接著王彪之後，開始切石的時候，氣氛倒也還算不錯。

至於賈似道切石的動作，可不見得有王彪那麼道地了，切割的時候，也頗有些大開大合的架勢。彷彿是事先早就設定好了的，把翡翠原石放置到切割機上，就一刀下去，沒有絲毫猶豫。

劉芳此時在王彪的耳畔說的那句話一樣：我怎麼覺得，你這位兄弟，比你更像是北方人呢？

王彪的臉上不禁露出了無奈的笑容，他聳了聳肩，轉頭看了看李詩韻那邊，此時李詩韻的神情，可以說是圍觀的眾人中，最為緊張的了，甚至比賈似道自己都要來得更加緊張一些。

「不如，你去問問她？」王彪示意了一下李詩韻所在的方向。

「老沒正經的。」劉芳白了王彪一眼，隨即卻頗有些感觸地說：「不過，我看你這位兄弟，倒是和小李挺般配的。」

「那是，也不看看是誰的兄弟……」正當王彪還想說些什麼呢，最靠近賈似道的兩位民工，臉上突然露出了驚訝的表情。王彪不由得心神一動，趕緊快走了幾步，來到翡翠原石邊上一看。

只見整塊烏沙原石，已經被賈似道給攔腰切成了兩半，差不多是四六分。在稍微大一些的那半塊上，顯然沒有什麼好的表現，上面的翡翠質地，雖然有，也不過是一絲絲的，並不多。而在小半塊這邊，卻是讓王彪非常驚訝的冰種質地。

「好小子，真有你的。」王彪捶了一下賈似道的肩膀，在仔細觀察了整個切面之後，頗為嚴肅地說了一句：「不過，這翡翠的質地、水頭什麼的，都還算不錯，就是在顏色上，寒磣了點，可惜了……」

這可惜了，自然是說明，以這塊翡翠原石的表現來看，暫時還沒有勝過王彪的那一塊。畢竟，看著眼前這有些雜亂的綠色走勢以及頗有些慘澹的顏色，賈似道心裏，也正嘀咕著「可惜了」這三個字呢。

「小賈，是不是顏色不夠好啊？」李詩韻擔心地問了一句，「可是，我覺得這淡淡的顏色，挺好看的啊。」

「呵呵，我沒事。我們不是還有一塊翡翠原石沒切開來嘛。」賈似道冷靜地應了一句，心裏倒是覺得李詩韻的話說得挺可愛的。這翡翠的價值，自然不是李詩韻認為好看，就可以多賣一些錢回來的。不過，在賈似道想來，李詩韻能說出這番話，更多的則是想要安慰他吧？

要知道，李詩韻可是一家翡翠珠寶商店的老闆，她的眼光自然可以分辨出，哪些品質的翡翠，價值更重一些了。而眼前的這塊烏沙原石所切出來的冰種翡翠，如果綠色更純正一些，更濃一些的話，即便中間還鑲嵌著部分雜質，賈似道都可以認為，自己贏下了賭注。

但是，這淡淡的綠意，尤其是現在從切面來看，綠色的走勢還不明朗，甚至有變得更淡的趨勢，也難怪王彪會覺得，這塊翡翠比不過豆種的水綠色翡翠了。

至於在價值上，那就更是沒得比了。

賈似道的翡翠原石本身就小，切出來的翡翠部分也就更小了。待到賈似道把全部的翡翠給挖出來之後，賈似道更是微微搖了搖頭。很直接的，賈似道開始感覺到自己的特殊能力感知，僅僅能夠感應出翡翠的質地，似乎有些不足了。畢竟，對於一塊翡翠來說，尤其是極品的翡翠，決定其價格的因素，實在是太多了一些。

若光是抓住一個質地，很難想像，在風起雲湧的翡翠市場中，賈似道能夠占到多少利益。

「這位小兄弟，如你有意出讓手中的翡翠的話，我可以出三萬塊錢的價格，如何？」不知不覺的，就在賈似道沉思的時候，邊上有人提出要收購了。

賈似道不禁苦笑著，看著王彪，這會兒，他倒是有些明白王彪那會兒果斷拒絕的心情了。不是說賈似道看不上這三五萬塊的錢，實在是和王彪的打賭沒有徹底分出勝負之前，誰也不敢輕易地把手裏的籌碼給賣出去。儘管表面上看，以現在賈似道手裏的翡翠，似乎也很難贏過王彪。

歎了口氣，賈似道對那人說：「再等一會兒吧，如果到時候你還是堅持要，那就出四萬塊錢，就可以把這塊翡翠帶走了。」說著，賈似道也不管人家的反應如何，把手裏的翡翠交給李詩韻之後，轉而去抱起了白沙皮原石，再度來到切割機邊上。

這一下，賈似道的眼神中頗有些孤注一擲的神情。連李詩詩韻都看得出來，賈似道非常想贏下這場比試吧？

還是直接一刀切的方式，賈似道很果斷地下刀。

在這諸多的原石中，賈似道內心裏對於白沙皮翡翠原石的期待，卻要遠遠超出先前的那塊烏沙原石。只是因為賈似道用特殊能力感知的時候，這塊白沙皮原石中靠近造假的表皮部分，的確是很普通的石質，而且，與一般的白沙皮翡翠原石皮比較薄所不同的是，眼前這塊白沙皮原石表皮卻非常厚實。

要不是賈似道可以通過特殊能力來感知的話，恐怕也會錯過這樣的原石吧？哪怕是有人切了一刀之後，要是沒有擺對了下刀的位置，這塊白沙皮原石同樣逃脫不了成為廢料的命運。

仔細地看了一眼自己下刀的位置，大概在遠離表皮的蟒帶四分之三的位置上。就在這個地方，只要一刀下去，應該會出現一團玻璃種的翡翠。而且，因為隱藏得非常深，賈似道猜測，這團翡翠的顏色應該不會太差。至少不會是無色玻璃種。

要知道，在特殊能力的感知中，除去表皮那一處搓衣板一樣的造假之處，整塊翡翠原石，竟然還有多達三處的造假痕跡。而且都修復得還不錯，只是中間修復縫隙的感覺給賈似道有點不太一樣。想來，應該是有三批人，都對著這塊白沙皮原石進行過切割了，只是都沒有切出什麼好的翡翠來，也因此反而讓賈似道給撿漏了。

不過，賈似道知道，現在就高興的話，恐怕還有些為時過早。待到切割機的齒輪停止了轉動之後，賈似道迅速地搬開了那大半塊的翡翠原石，看向那小半塊的切面，一時間，竟然有些發呆！

「哇，好漂亮啊！」李詩韻湊到賈似道的邊上，看了一眼翡翠原石的切面之後，發出了感歎。

劉芳看了李詩韻一眼，誰讓李詩韻在上一回看到賈似道切出來的翡翠之後，也是發出了如此的感歎呢？因此她自然而然地就帶上了一絲不太相信了。就連王彪臉上也是帶著莞爾的神情。

不過，就在兩個人親眼看原石的切面之後，就如同李詩韻一樣，微張著嘴巴，除去感歎之外，幾乎說不出話來。尤其是劉芳，瞪大了眼睛，嘴裏喃喃著：「竟然還有這樣顏色的翡翠。」

「唉。」王彪的表現要好很多，在仔細地看過之後，歎了口氣，頗有些言不由衷地說了一句：「恭喜恭喜啊。不但贏了賭注，恐怕就是這麼塊小小的翡翠，也會讓你變得更加出名吧。」

「怎麼說？」這一下，倒是讓賈似道有些不解了：「不就是一塊藍翡翠嘛。」

「呵呵，你倒是得了便宜還賣乖。」王彪的臉上，很明顯有些嫉妒的神色，好在很快了然了，他解釋道：「藍色的翡翠市場上的確是有。不但有，而且還不少。尤其是面對著一些女性市場的時候，諸如藍色、紅色、紫色之類的翡翠飾品，還是比較走俏的。但是，你見到過，像這塊藍翡翠一樣，藍得如此純淨無瑕的嗎？」

努力地回想了一下，賈似道搖了搖頭，苦笑著，說道：「還真沒有。」

「再看這塊翡翠的質地吧，玻璃種，而且水頭又很足，其大小我仔細地看過了，製作出一對手鐲，應該不成問題。」王彪露出神往的目光，說道：「如此的手鐲，極品啊……對了小賈，打個商量怎麼樣？要是這次打賭贏了的話，我肯定會要你這塊翡翠料了。」

這最後一句話剛說完，王彪臉上的表情就極為精彩了。而要是在打賭輸了之後，再讓他開口向賈似道索要藍翡翠的話，王彪倒是開不了口。下意識地撓了撓自己的腦袋，王彪繼續歎了口氣索性不再說話了。

賈似道看著王彪那模樣，也很無語。不過能這樣很明顯地贏得了賭注，對於賈似道來說是很高興的，至少多了五位潛在的大客戶。

「小賈，你快點把這塊藍色的翡翠給解剖出來吧。」李詩韻在邊上提醒了一句。

對於這樣的翡翠，似乎只有完全把握在手裏，才能讓人滿足一樣。李詩韻在第一眼看上的時候，就非常喜歡。尤其是作為女性，她自然知道這塊翡翠的價值了。只要後期的工藝到位了，隨便一副手鐲，都能開出近千萬的價格來。

這就是極品翡翠的優勢。而且，根據這塊翠的大小，如果能做出一副手鐲的話，拆開來賣，每一隻，恐怕都能過五百萬價格的底線吧？

有那麼一瞬間，李詩韻都有些羨慕起賈似道的運氣了。當然，看到賈似道正聽話地去解剖翡翠原石之後，李詩韻的臉上又洋溢起滿足的微笑來。

而這塊藍色翡翠的出現，也引起了更多人對於「大賭石」的關注。要說先前，王彪和賈似道分別切出一塊價值不弱的翡翠原石之後，還只是引起了圍觀人群的騷動的話，那麼，在有人明白眼前的藍翡翠的價值，甚至喊出「一千萬」的價格之後，圍觀人群中的反應，就好比地震了一樣，瘋了，完全瘋了。

尤其是那個拿著喇叭的女人，自然不會放過這樣的機會。哪怕是一邊看著賈似道，雙眼放光，一邊還大聲呼籲著大家投入賭石中來。話語中的措詞，也很快地修改了過來。有可能成為百萬富翁？或者千萬富翁？

不！是一定能成為千萬富翁！榜樣都已經出現了。這樣的事實，無疑要比一個假設的可能，要更加充滿了誘惑力。

連一直坐在平台上收費的兩位組織者，也前來給賈似道道賀。大有讓賈似道再在廣場上挑選一些原石的意思，甚至可能的話，賈似道一高興起來，最好把幾百塊原石全部收下了，那他們就可以收工回家睡覺去。反正就兩三百萬而已，對現在的賈似道來說，也不算貴。

當然，這只是一個美好的願望。賈似道有沒有這樣的心思先不說，兩位組織者，也不好厚著臉皮提出來。但是，和賈似道剛切出來的藍色翡翠拍照留念，以求為往後的生意增添一個噱頭，這樣的要求卻是可以提出來的。

「那可不成。」賈似道還沒答應呢，李詩韻就反對了一句，看到眾人詫異、好奇的目光，李詩韻很淡定地解釋了一句：「反正這已經是事實了，隨便你們怎麼說，肯定會有更多的人出錢來賭的。你看那邊。」

說話間，李詩韻指了指那瘋狂地湧向平台上的人，看到組織者在賈似道邊上之後，更是揮了揮手裏的錢，示意要參與賭石。那位負責收錢的，自然是訕訕地笑了一下，趕緊過去了。

而剩下另外一個人，也不好再提出拍照讓賈似道幫忙宣傳的話來，稍微閒談了幾句，說些祝賀的話後，也趕緊離開。

之後，賈似道瞥了李詩韻一眼，那充滿得意的臉上，正隱忍著濃郁的笑意，見到賈似道看著她，不禁「噗哧」一下笑出聲來。然後，衝著王彪說了一句：「王大哥，幫個忙，給我拍一張吧。」

說話間，還把賈似道切出來的玻璃種藍色翡翠，給捧在了掌心，似乎很精心地呵護著，而翡翠就放在她的胸口稍微靠外一點的位置，連賈似道看著都覺得分外香豔。要是那掌心可以捧住一個人的話，賈似道倒是樂意和翡翠換一換位置了。

王彪按下了快門之後，劉芳也要求拍了一張。

一時間，賈似道和王彪都很無語，倆人對視了一眼，露出很無奈的眼神，賈似道還嘀咕了一句：「真是的，現在這模樣，有什麼好拍的？還不如等到雕琢出來之後再拍呢……」

「你懂什麼呀。」李詩韻聞言，沒好氣地白了賈似道一眼，大有再拍一張的意思。賈似道趕緊說了句：「這裏現在越來越亂了，我們還是趕快回去吧。」

「也對，還是注意點安全比較好。」王彪立即附和了一句。任誰懷裏抱著一塊價值上千萬的翡翠，也不會太過放心吧？一邊說，一邊還給洪總打了個電話，讓他安排一下，不管怎麼說，洪總也是本地的名人。出門在外，還是需要依靠一下本地力量的。

隨後，賈似道和王彪分別把先前切出來的翡翠出手了。王彪的賣了四十五萬，賈似道只拿到了三萬六。如此一比較，倆人倒是都賺了一筆。但是，賈似道看著王彪此時臉上的表情，怎麼看怎麼沒有賺了錢的興奮之色。估計還在為輸了賭注而鬱悶著呢。

沒曾想，不過五六分鐘的時間，洪總親自開車趕了過來，後面還跟著一輛，走下來兩位保鏢模樣的男子。

和王彪、賈似道問了聲好之後，洪總還特意看了看李詩韻手裏的藍翡翠，臉上寫滿了喜歡，很想當下就提出購買的意思來。不過，因為有王彪在，既然連王

彪都沒有買到手，洪總即便心裏想，也不能直接說出來，只能是另想辦法了。

不過，就在賈似道幾人先後上車的時候，賈似道看了一眼廣場上那激動的人群以及場中央的幾百塊翡翠原石，突然心頭一動，說了句：「稍微等我一下。」

「他不會是還想再賭一次吧？」劉芳看著賈似道的舉動，心裏好奇，嘴上就問了出來。而李詩韻和王彪兩個人，聞言之後也看著賈似道的背影，露出了迷惑的神情。

只有站在邊上的洪總，眼神並沒有關注在賈似道的身上，反而是瞇著眼睛，看向李詩韻手中的那塊藍翡翠，也是在想著什麼心事。最終，洪總還是長長地歎了口氣，下意識地微微搖了搖頭，轉而看向賈似道那邊。

而這會兒的賈似道，果然已經如劉芳所說的那樣，走到了平台之上，向主辦方交了一疊的錢。因為眾人站的位置稍微有些遠，看不太清楚賈似道究竟給了多少。不過，隨後賈似道示意了一下兩位民工，三個人一起走向了原石堆裏的情形，卻還是很明顯的。

「看來，小賈在剛才看貨的時候，還看到了其他表現不錯的原石啊。」王彪感歎一句，「唉，像我這樣的，老嘍……」一邊說，還一邊歎息著。

畢竟，賈似道可是連續賭漲了兩塊翡翠原石，尤其是藍翡翠這塊，著實是讓人驚豔。現在，竟然又再度去賭石，難免讓王彪生出一些感慨了。

「王總要是說自己老了，那我這把老骨頭，豈不是更加沒有用武之地了？」邊上的洪總聞言開了一句玩笑，說道：「而且，在電話裏你也說過了，兩塊原石裏你也小賺了一筆吧。能在『大賭石』的場地上，找出貨真價實的原石來，而且還切漲了的，你要說自己老了，恐怕也沒人會相信了。」說完，還頗有些笑意地看了一眼王彪。

王彪訕訕地一笑，也不再言語。

倒是此時的李詩韻，在看到賈似道是走向她先前第一次看中的那塊翡翠原石的邊上，那兩位緊跟著的民工抬起柱形狀的原石，再一起走到切割機邊上的時候，目中不禁氾濫出一抹暖暖的色彩，就好比心裏抹了蜜一樣。

其實，在經歷了切出玻璃種藍翡翠之後，到現在，恐怕就是連李詩韻自己都已經忘記了那塊柱型的翡翠原石了吧？

賈似道的舉動在李詩韻看來，自然是對她的在乎了。要說這一切都是巧合那也實在是太巧了一些。李詩韻不禁看著賈似道在那邊忙忙碌碌，很是果斷地切割著翡翠原石，腦海中所想的，竟然是一點兒都不管切石的結果會是什麼樣的，神情微微有些發愣。

直到賈似道抱著一小段切割出來的翡翠原石，回到幾個人的邊上時，才恍然間看到賈似道正對著她淡淡一笑。

頓時李詩韻的臉上，好比升騰起兩朵火燒雲一樣，紅彤彤的幾乎滴出血來。

好在大家都在關注著賈似道手上的翡翠原石。能注意到她表情變化的，恐怕也就只有賈似道了。而賈似道自然不會放過如此欣賞李詩韻美麗的大好時機，忍不住多看了幾眼，連王彪從他手裏接過翡翠原石，也沒有太過在意。

「小賈，你怎麼抱回來這麼一段原石啊。」在仔細察看了一番之後，王彪便皺著眉頭問了一句。看到賈似道的注意力壓根兒就沒在他的身上，對於他的問話，也沒有什麼太特別的反應，王彪詫異地看了他一眼，尤其是注意到賈似道和李詩韻兩個人的神態，王彪轉了轉眼珠，就有些明白過來。

「看來。我們還是走吧。」王彪感歎一句，「或許，這玩意兒還真能切出什麼翡翠來呢。」

說是這麼說，王彪卻很隨意地就把手中還未徹底切開來的翡翠原石，塞回到了賈似道手上。臨上車之前，還特意地拍了拍賈似道的肩膀，小聲贊了一句：「小子，好樣的，幹得不錯！」說完之後，就肆意地笑出聲來，並且摟著劉芳，一起坐進了洪總的車後座。

李詩韻不由得更加尷尬起來，好在她也不是沒見過世面的女人，剛才那一陣，無非是在看到賈似道那淡淡的微笑之後，突然之間感覺到她的小心思被賈似道發現了，才會有所閃躲。到了這會兒，倒是恢復了平時的精明。她瞪了賈似道一眼，問道：「好看嗎？」

賈似道很以為然地點了點頭。

「好看，那你就在這裏慢慢看吧。」李詩韻拋了一個大白眼，隨即利索地轉了個身，就走向了後面那輛車。

不過，在看到李詩韻似乎是坐進去之後，就把車門給關了，並沒有再度打開的意思，賈似道摸了摸自己的鼻子，只能是苦笑著和前面坐副駕駛上的保安人員，示意了一下，讓他挪個位置了。

待到那保安人員無奈地下車，跑向第一輛車的時候，連坐在後排的李詩韻，嘴角也無意識的露出了笑容。

第二章

內在的翡翠質地

洪總壓根兒就沒有必要擦石。
整塊翡翠原石的一面，已經裸露出翡翠質地，
透過強光手電筒，可以看到原石內部的翡翠成分。
不然，這塊翡翠原石也不會高達一千八百萬的價格了。
唯一需要擔心的，就是沒有看到的部分，
還有多少翡翠，又或者翡翠的顏色怎麼樣。

幾個人到了洪總的公司之後，把賈似道的玻璃種藍翡翠給放到了保險箱裏。這也是王彪提議的，反正幾人在陽美要待到翡翠公盤過後，隨身帶著這塊翡翠，自然是諸多不便了。而賈似道卻想要把自己手中的這半段翡翠原石給一起存放進去。這倒是讓洪總和王彪幾人好奇起來。

「小賈，這塊翡翠石，莫非還有什麼特殊的意義？」王彪說話的時候，特意看了一眼李詩韻。要是僅僅因為李詩韻的原因的話，也沒有必要把東西放到保險箱裏吧？

倒不是說洪總的保險箱沒有空間，只是人家存放的可都是價值成百千萬的翡翠，這會兒，放一截表現並不好、切面蒼白的小塊原石進去，總給人有些小題大做的感覺。

「小賈，還是算了吧。」也許李詩韻自己也是這麼認為的，看到眾人一下把目光都給集中到了她的身上，她倒是不再使自己的女人小性子了。一個聰慧的女人，自然明白，對待不同的事情，應該要有不同的態度。就好比剛才坐車的時候，偶爾給賈似道出點小難題，給他一些小難堪，也算是一種情趣。

但到了這會兒，辦正經事情的時候，李詩韻陡然間表現出一種成熟大氣。

「呵呵，那就算了。」賈似道看了看眾人，也不再堅持。而且，洪總的保險箱是在一個單獨用作儲存的房間裏，而在這間房間內，牆角、牆邊，可都是還放置著一些沒有切開來的翡翠原石以及其他的一些原料，應該是洪總平時依著自己的興趣收上手的。

這麼一來，賈似道倒不用怕自己的翡翠原石會有什麼安全問題了。剛才想要放進保險箱，無非是一種下意識的舉動。至少，在賈似道的認知裏，手裏的這小塊翡翠原石，還是值得存放進保險箱的。

幾個人一起出了儲存室，看看天色也不早了，便在洪總的邀請下，一起吃了頓飯。飯桌上，自然是圍繞著下午的「大賭石」，眾人紛紛地說著自己的見解，氣氛倒也熱鬧。

尤其是洪總，還有意無意地問了一下賈似道對於那塊藍翡翠的打算，見到賈似道很確定地搖了搖頭，沒有出手的意思之後，便很快轉移了話題。末了，幾人還打趣起王彪，他給劉芳買了一件小紀念品，吵鬧中，讓她拿出來給大家開開眼。

雖然只是一塊質地一般的翡翠玉佩，卻也讓劉芳的臉上洋溢著一種幸福。個中滋味，賈似道不懂。但是看到李詩韻當時刻意看過來的眼神和眼神中那一閃而逝的羨慕之色，賈似道內心裏倒是有了不小的觸動，而心中的那個想法，無疑也變得更加堅定起來。

「還是等回到臨海再說吧。」賈似道心裏感歎了一句。要知道，下午的「大賭石」，賈似道當時只是一心想要贏下王彪，所以切石的時候，也沒有太過在意。直到能確定贏下賭注之後，心裏卻又有了不小的恐懼。

不光是他一連切開兩塊翡翠原石都切漲了，也不是切出了價值上千萬的藍翡翠，心裏怕別人嫉妒。而是在他切石的時候，因為貪圖一次到位，兩塊原石都只用了一刀，就開出翡翠來。如果有心人真要研究的話，難免會看出一些端倪來。

好在隨後的時間裏，賈似道和王彪都是把原石中全部的翡翠給徹底掏出來之後，才出手的。剩下的玻璃種藍翡翠更是掌握在自己的手裏，其他人要是想要研究個明白的話，卻也不太容易。說起來，這種事情，可大可小，也容不得賈似道不小心了。

為此，原本在最後的時間裏，賈似道可以直接把柱型翡翠原石給切出翡翠來的，在特殊能力的感知下，很容易就找到原石內部能切出翡翠的位置來，但是賈似道卻故意留了一手，抱回來一段看不見翡翠的原石回來。雖然麻煩了一些，卻也讓自己賭石上的鋒芒收斂了不少，倒是讓王彪幾個人誤會了。

不過，如此一來也好。給王彪幾個人一個錯覺，總要比賈似道出現連著賭三塊、連著漲三塊，要安全許多吧？

「各位，晚上的時間，大家也知道，等一下，我就要去切石了。為此，我還找了不少的朋友前來捧場。」飯後，洪總覺得時間也差不多了，看著幾人，笑呵呵地說：「要是幾位沒什麼事要忙的話，不妨就先在這裏暫時休息一會兒，我先去準備一下，等會兒，我們一起過去廠房那邊，熱鬧熱鬧，如何？」

「也好。」王彪看了賈似道，見到賈似道並未反對，便點了點頭，說道：「洪總，你就忙你自己的去吧。不用費心招待我們了。說起來，還是我們打攪了呢。」

「哪裏，哪裏。」洪總對王彪客氣了幾句，便退了出去。

說起來，每個人在切石之前，尤其是切割這種價值上千萬的翡翠原石之前，要有所準備也是應該的。王彪自然不好去問。四個人就在洪總的會客室裏，看看電視聊聊天，王彪倒是打了幾個熟人的電話。

到了最後，他還頗有深意地看了賈似道一眼，說：「小賈，看來晚上還真的是比較熱鬧的啊……」

「什麼意思？」賈似道困惑道，「和我有什麼關係嗎？」

「呵呵，到時候你就知道了。」王彪故意賣了個關子，也不解釋。賈似道沒好氣地翻了一個白眼。劉芳見了，「哧哧」笑了幾聲，而李詩韻看著賈似道和王彪兩個人，也是一臉莞爾。

這兩個人年紀加起來絕對超過半百，這樣的男人之間也會出現這種無傷大雅的打鬧，實在是出乎了李詩韻的意料。

「你們吶……」那話語的意思，似乎是有點看著小孩打鬧的感覺。

一時間，賈似道和王彪兩個人，相視一眼，不禁莞爾。

「小賈，你那塊玻璃種的藍翡翠真的不打算出手了？」王彪突然問了一句。

「怎麼，莫非是王哥也想要？」賈似道眉頭一跳。

「那是肯定的嘛。」王彪淡淡地說了一句，似乎懊惱賈似道完全是多此一問，還抽出一根煙來點燃，深吸了一口，才接著說：「如果有市場的話，質地好的藍翡翠，要比綠翡翠賺得更多。」

「哦，這個我就奇怪了。翡翠不是以綠色為尊的嗎？」賈似道接觸翡翠的時間，也算是比較長的了，而且經手的極品翡翠，說起來也算為數不少，可著實是不知道還有這樣的說法。

「說來也不怪你。畢竟，你一直是經營翡翠原料生意的。」王彪倒是為賈似道辯解了一句，說道：「不過，想知道為什麼的話，你也用不著來問我吧，在你的身邊，不就有一個做翡翠成品生意的人嘛。」說完，看了一眼正坐在賈似道邊上的李詩韻。

「這麼看著我做什麼？」李詩韻見到賈似道困惑的目光果然轉向了自己，不禁啐了一句：「我可沒有王大哥的生意做得那麼大。藍翡翠的飾品倒是賣過，不過，那都是小價錢，不見得我就能知道得比你多，不過……」

看到李詩韻說著說著，漸漸有些得意起來的眼神，賈似道算是明白過來了。敢情她這先前的幾句話，說出來只是安慰他的，這最後的「不過」後面的話才是重點。

只是，李詩韻並沒有很明確地說出來，反而是用手指了指東面的方向。賈似道還琢磨了好長時間，也沒有琢磨出個所以然來。

「行了，不用一副愁眉苦臉的樣子了。你裝可憐，我也不會告訴你。」到了最後，還是王彪說：「還是那句話，等一會兒，你就會明白了。不過，在這裏，老哥我還是要叮囑你一句，到時候，你真要是準備出手的話，一定要狠下心來宰上一筆，不然，愧對這麼好的翡翠料子啊。別的我就不多說了。」

賈似道看了看王彪，看了看李詩韻，似乎倆人到了這會兒，已經有了難得的默契一樣，便也不再詢問，乾脆如王彪所說的那樣，耐心地等待了。

跟著重新穿著一番的洪總，幾個人一起進入到了公司特別預留出來的一間廠房。

此時的廠房內，燈光大亮，白晃晃的，如同白晝一樣。隨後，在洪總的示意下，一輛小型叉車很快推出來一塊翡翠原石，其個頭比起賈似道家中的巨型翡翠原石來，無疑要小上很多。但是就其表皮的表現來看，卻也讓人欣喜。

這應該就是那塊準備好久了的翡翠原石吧？

賈似道和王彪有幸成為了繼洪總之後，最先察看翡翠原石的人。畢竟，這樣的翡翠原石，想要在市場上看到，實在是不太容易。不光是因為其一千八百萬的價格，而是一般的商人，收下此類的翡翠原石之後，即便是切石，也會藏著掖著。

就像賈似道一樣，一旦翡翠原石中切出玻璃種帝王綠這種級別的翡翠來，恐怕誰都不會太過張揚出去吧？要是把這些帝王綠翡翠原料，一次性投入到市場，對於翡翠市場上極品翡翠的價格，也無疑是一次動盪！

這麼一來，想不被人關注都難。

而洪總這一次光明正大地敞開資訊，在眾人的眼皮底下切石，也沒有要把這塊翡翠原石中的料子投入市場的意思。因為在十月底的時候，陽美會有一次規模比較大的翡翠商會。只要這塊翡翠原石切出比較好的翡翠料來，洪總的打算就是雕刻出一件大型的翡翠雕件，來給這次商會助興。而兩個月的加工時間，只要趕一趕，還是可以完工的，甚至洪總還特意選了一個在翡翠公盤之前的時間來切石。

不得不說，這樣的時機，是能為十月底的翡翠商會，增添一個不錯的噱頭，吸引更多的大商人。

就在賈似道和王彪察看翡翠原石的時間裏，陸陸續續地有不少商人到來，大家似乎都有意無意地掐著這個點趕過來，見到洪總，也是客氣地恭喜幾句，說些好話，預祝切石成功。然後，就開始仔細地察看起翡翠原石來。

王彪見此，拉了賈似道一把，兩個人很快退出了翡翠原石邊上的位置，賈似道正疑惑著呢，王彪卻指了指不斷前來觀看的人，說道：「看過一眼就成了。反正這塊原石今晚上是註定了要切出來的。印證一下自己的觀點，也就差不多了。還不如趁此機會，認識一些同行呢。」

說著，王彪還指了指前來的人群中，賈似道很詫異地見到了不少熟人。

王彪在平洲切石那晚所認識的翡翠商人，幾乎就來了不下一半，這其中自然也少不了郝董和董經理了。賈似道對著兩人點了點頭。而在他們的身邊，還站著楊總、金總以及嫣然。尤其是嫣然，站在幾個男人中間，就如同是綠葉叢中的一點紅，非常顯眼。

倒是對於楊總、金總，能在經歷了周老闆的那次失敗賭石之後，還和郝董站在一起，賈似道頗為感覺到意外。不知道，這是不是一個巧合，又或者，就是商人之間最終還是以長遠的利益為重，不會計較一些暫時的得失呢？

「走吧，我們過去，我給你介紹介紹。」也許是看出了賈似道的處境，王彪頗為努力地想要把賈似道給推出去：「說不定，你以後還能和他們之間做點生意呢。這可都是潛在的客戶啊。」

賈似道點了點頭。即便是和賈似道一樣，純粹做翡翠明料生意的人，也很難說以後就沒有交際，多認識幾個人總是好的。

唯一讓賈似道鬱悶的是，似乎在人群中，有那麼一人，在和洪總問好之後，轉而看著賈似道的眼神，頗為炙熱。

賈似道可以肯定，那絕對不是他事先就認識過的人，因為腦海裏壓根兒就沒有那人的任何印象。

而且，待到那人快步趕過來，一開腔說話之後，那聲音聽起來，很是彆扭，說是普通話吧，半生不熟的，說是粵語吧，也實在是蹩腳。弄到最後，才明白過來，這是一位外國人士：日本的翡翠商人！

這麼一來，賈似道倒是不好表現出太過怠慢的神情了，他隨意地敷衍了幾句，對方顯然也是個做翡翠生意的商人，而且還比較懂行，看情形生意做得也還挺大的。翡翠最為流行的地方，還是香港、新加坡以及日本，至於大陸，倒是更盛行軟玉文化。翡翠熱，也是近些年逐漸炒作上來的。

當然，這不是說古代就沒有翡翠文化，要不然，又哪來的清宮翡翠白菜這樣的雕件呢？無非是相比起香港那邊的高檔翡翠市場，還不夠完善罷了。一些極品的翡翠成品，出現之後的最終走向，也還是在香港等地。大陸的市場，更多的還是中檔翡翠成品的銷售。

一來，因為人口眾多，只要有極少的人願意購買，都是一個無法想像的巨大市場；二來，也是因為翡翠的鑑定比較純粹和透明，質地、種水、顏色，都有個普遍的標準，沒有古玩那麼多的道道，容易被大眾所接受。這樣一來，中高檔翡翠的價格一路走高，也就無可厚非了。

畢竟，翡翠也是不可再生的資源！翡翠原石，切出來一塊，就少一塊。

「這位賈兄弟，聽說，你下午的時候，切出了一塊玻璃種的藍翡翠？」對方小心翼翼地問了一句。

「是啊。」賈似道一愣，看到王彪淡淡的笑容，轉而看了看那邊正在接待著其他翡翠商人的洪總，賈似道心裏，總算是有些明白過來，眼前這位日本的商人，為何會跑過來找他了。

敢情還是為了那塊藍翡翠啊。

再聯想到李詩韻先前手指的方向。頓時，賈似道的心裏明白過來。如果說大陸地區的人對於翡翠的認知，一度以綠色為尊的話，那麼，日本人的喜好，則更加偏重於藍色了。僅是審美觀不同而已。

就好比是翡翠中的祖母綠，賈似道或者王彪這樣的翡翠商人，自然是更加樂意稱呼其為「帝王綠」。但真要說起來，兩者在實質上並沒有什麼大的區別，無非是換了個稱呼而已。

但是「帝王綠」這樣的名稱，就可以看出賈似道和王彪這樣的翡翠商人，對於綠色翡翠的喜愛了。

日本是一個島國，四面除了大海，就是天空，而大海和天空的顏色，當然是純粹藍得讓人心動。日本的翡翠商人們，偏重於極品藍翡翠，也就不奇怪了。

「不知道這位賈先生，有沒有想要出手的意思呢？」對方笑著問道，「當然，價錢上稍微高一些，並不是問題。」或許是因為對方，對於國內還算是比較瞭解的吧，說的話雖然生硬了一些，倒也沒有讓人太過反感。

只是賈似道心裏並沒有出手的意思，即便王彪叮囑過他要狠狠地宰一筆。看到對方那有些富態的身體，微微有些向前傾，露出仔細聆聽的神色，賈似道微微一笑，拒絕道：「對不起，這塊藍翡翠我是準備用來自己收藏的。」

「哦？那實在是可惜了。」對方感歎一句道，「那麼賈先生是準備收藏原料，還是打算製作成成品擺件呢？」

這裏面，可是頗有些講究的，要是賈似道說僅僅收藏原料的話，也不太現實。一塊翡翠料，終究不是收藏的正途，如果真的收藏原料，也只是存了壓貨的心思。日本商人自然還可以在價格上動些心思了，而要是製作成成品，只要東西做出來了，並且是賈似道自己喜好的，倒是不太容易轉讓出手了。

「應該是會弄成擺件吧。」賈似道眉頭一皺，轉而轉移了話題：「我看先生也是來參觀洪總切石的吧？」

「那是，那是……」對方會意過來，訕訕地一笑，遞了一張名片過來，然後就知趣地退了開來。賈似道話語裏的意思，他還是明白的，在洪總準備切石的時候，不想多談關於翡翠生意上的事情。

不過，在賈似道接過那名片一看，竟然是「楊泉」這個名字，倒是有些詫

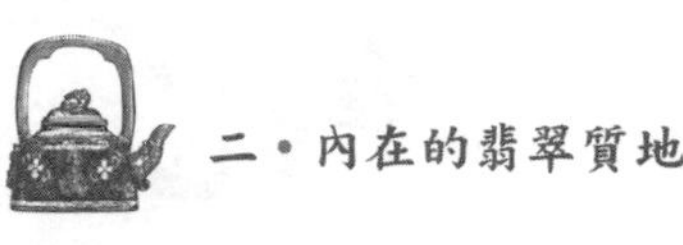

異。

也許是看到賈似道臉上神色的變化，邊上的王彪這會兒不禁解釋了一句：「他的本名應該是小泉的，不過，因為經常在廣東或者雲南這邊走動，所以，就換了個本土化的名字。而且他為人還算不錯，在賭石上的眼光也比較犀利。和一些國內的大商人們之間，也多少有些交往……」

「洪總先前的時候，想要收下這塊藍翡翠，莫非也是為了他？」賈似道疑惑著問了一句。

「這個我就不清楚了。」王彪說，「洪總的關係網是頗廣的。也許，台灣那邊的商人，等下也會來找你商量藍翡翠的事情呢。所以我說，你小子算是真的出名了。呵呵……」

「台灣的商人？」賈似道心裏嘀咕一句。要是真有合適的價錢，賈似道倒是寧願出手給台灣那邊的商人呢。

而李詩韻以及劉芳，這會兒倒是很自然地就和紀嫣然站到了一起。不說李詩韻和紀嫣然本來就認識吧，整個廠房內，就她們三個女人，走在一起，很快吸引了不少翡翠商人的注意力。尤其是李詩韻和紀嫣然端莊美麗的樣子，在商人們看來，恐怕其魅力不下於極品翡翠吧？

至於金總、楊總兩個人，和李詩韻也算是熟識，便湊在三個女人的邊上，有一搭沒一搭地說著話，大有護花使者的架勢。為此，其他的一些男人們，倒也沒有不知趣地湊上去。

想到李詩韻是從賈似道的身邊走過去的，紀嫣然當下就看了賈似道一眼，才對李詩韻問了一句：「李姐先前不願和我們一道走，為的就是他？」

那話語裏的意思，自然是很明顯了。

「嫣然，別誤會，在你邀請我之前，我就和小賈說好了的。」李詩韻也不知道怎麼會這樣說了一句，似乎在紀嫣然看了她一眼之後，她的心跳就有些加速了。好在身邊的劉芳，壓根兒就不太清楚她和賈似道之間的關係，聽到她這麼說也沒怎麼在意。

反而是紀嫣然看了李詩韻一眼，頗有些深意地嘀咕了一句：「是嗎？」

倒是惹來李詩韻臉上浮現出一抹濃郁的羞紅了。而接下來，李詩韻立即把劉芳給推了出來，三個人一番相互介紹，很快就熟稔了起來。聊天的話題，自然也沒有離開翡翠這一行了。尤其是金總、楊總兩個人，偶爾會插上一句，說些翡翠行業的奇聞趣事，氣氛倒也還算融洽。

到最後一行四位商人的到來之後，洪總招呼了幾句，便走向了翡翠原石，一

時間，廠房內變得安靜起來，大家心裏都清楚，切石即將開始。

賈似道這個時候，走回到了李詩韻身邊，再度見到紀嫣然，無非是點了點頭，微微笑著示意了一下。金總、楊總和郝董幾人那邊，反而是王彪頗為豪爽地和幾人握了握手，說些這兩天發生的事情。

尤其是提到了下午的大賭石，金總、楊總幾個人羡慕的同時，郝董還特別恭喜了一下賈似道，話語裏還有一絲詫異，誰讓賈似道前幾天，剛切出一塊春帶彩呢？這會兒又是玻璃種的藍翡翠，實在是讓人羡慕得緊，連紀嫣然也頗為關注起賈似道來。

只有李詩韻一個人，這會兒倒是沒好氣地瞪了賈似道一眼。賈似道注意到，似乎是紀嫣然在她的耳邊嘀咕了些什麼事情。不過，看李詩韻那有些惱怒的神情，恐怕，是紀嫣然向李詩韻打聽賈似道會怎麼處理藍翡翠，又或者是春帶彩的問題吧？

要知道，到了這會兒，李詩韻也還沒有見過那塊春帶彩呢，也難怪她要對賈似道著惱了。

賈似道也不在意，微微一笑，算是回應了。至於王彪提到過的台灣的翡翠商人，賈似道也見到了幾位，正如王彪所預料的那樣，的確有人提出了要收購玻璃種藍翡翠，價格開到了一千五百萬，相比起市場價格來說，也還算是比較高的了。

賈似道猶豫了一下，最終還是沒有點頭。對方也不勉強，遞了一張名片之後，賈似道看了一眼，姓陳，手下有家比較大的珠寶公司，翡翠生意只是其中的一種而已。賈似道適時地回贈了一張名片。生意不成人情在，大家都是混這一行，吃這口飯的，也沒必要斷了自己的門路。

當然，這個時候賈似道的名片，已經不是先前還在廠裏工作的那種了，而是精心設計過的，用來做翡翠原料生意的名片，上面除了臨海的地址之外，就是電話號碼。大多數翡翠商人們的名片，都是非常簡單。

就像王彪，連自己翡翠公司的名字都沒寫，直接就印一個名字，一個號碼。簡潔而大氣，卻沒有人會忽視這樣的名片！一些大商家們，都已經到了返璞歸真的境界。賈似道也只是有樣學樣了。

洪總準備切開來的翡翠原石，在表皮的表現來看非常搶眼。整塊翡翠原石，就好比一塊石板，長度半米左右，寬度大概有四十釐米，厚度則有十幾釐米的樣子，並且比較平均。如果一個人力氣稍微大一些的話，足以把整塊翡翠原石給抱起來。當然，要是洪總自己親自動手的話，可就沒那個力氣了。

叉車早就開到了廠房的邊上，而翡翠原石則是擺在了切割器的旁邊。

洪總壓根兒就沒有必要擦石。倒不是說洪總托大，而是整塊翡翠原石朝上的一面，已經裸露出來了部分的翡翠質地，透過強光手電筒的觀察，可以看到原石內部不少的翡翠成分。不然，這塊翡翠原石的大小而言，也不會有高達一千八百萬的價格了。

唯一需要擔心的，就是沒有看到的部分，究竟還有多少的翡翠，又或者那些翡翠的顏色怎麼樣。

從可以看到的部分來看，整體的水準還是很不錯的，屬於冰種質地。水頭也都還挺足的，上面偶爾飄浮著的一些白棉和雜質，基本上無傷大雅。這麼個塊頭的翡翠原石，要是全部都是質地、水頭、顏色都上佳的翡翠，恐怕沒有一億的價格很難拿下來。

「洪總，接下來，您是準備直切割，還是準備先把那些礙眼的表皮部分給剖除了？」郝董許是和洪總的關係還不錯，這會兒開口詢問了一句。

整個廠房內，賈似道巡視了一下，除去兩個洪總的手下，就是過來幫忙的搬石工之外有不下二十個的翡翠商人。而一次切石，能夠喊到這麼多腰纏萬貫的大商人們前來觀看，恐怕算是一次大手筆了吧？

大家聽到郝董的詢問之後，也很期待地看向了洪總。

雖然翡翠原石切出之後，這些人想要收購斷然沒有可能。但是，能夠親眼見證一塊極品翡翠的切割，目睹它一點點露出真實面目的全過程，還是讓人壓抑不住內心的喜悅。尤其是在場的都是行家，一時間也紛紛地提出了各種意見。

有說直接切石，乾脆一些的；保守一點的，就說先擦一下，原石正面那條淡淡的蟒帶部分，應該要先擦開來；更是有不少人說應該從原石的邊緣部分動刀，切一點下來看看情況再說……

李詩韻看了賈似道一眼，想要聽聽賈似道的意見。只是，賈似道在眾人討論之後，就沉默不語，一點兒都沒有想要表意見的意思，李詩韻瞪了他幾眼之後，也就放棄了。

倒不是李詩韻對於賈似道的眼光多麼信任，只是覺得在這些男人面前，也就是賈似道和她算是比較相熟，一連聽到大家的爭論之後，頗為期待賈似道有什麼樣的說法了，如果能夠一鳴驚人，更會讓李詩韻心滿意足一些。

女人總是有著諸如此類的感性表現。李詩韻即便一直顯現得雍容華美，也脫離不了這樣的感性，她已經開始逐漸希望，賈似道的表現能夠越來越露出鋒芒！這樣，她在眾人面前的感覺，也會越來越充滿幸福感。

而紀嫣然這會兒則是同樣沒有參與到大家的討論之中。比起這些風裏來雨裏去的商人們，紀嫣然對於賭石的態度，更多的在於自己的興趣。或者，乾脆點說，就是享受那種挑選翡翠原石，發現極品翡翠的一個過程。對於賭石的成敗或者錢財，倒是看得很淡。

當然，想要購進好的翡翠原石，要是沒錢，也只是一句空話而已。這就又要求紀嫣然的眼光，一定要達到一定的水準。要不然，在賭石一行恐怕也混不下去吧？

洪總在聽取了眾人的一陣討論之後，伸出手在胸前虛空按了按，大家便很快地安靜了下來。

一旦洪總自己下定了決心，大家也不再言語了。

這個時候，要是再說些什麼，而影響到洪總的決定，要是切漲了，倒還好說，甚至洪總還會感激你幾分。但要是按照你所說的方法切垮了，雖然不至於埋怨，但是和洪總之間的關係，勢必也就會變得微妙起來，這可不是大家願意看到的。

只見洪總繼續專注地在翡翠原石上，再次用強光手電筒照了照，然後揮手示意兩位手下，把翡翠原石搬到了切割器上。巨大的齒輪，竟然對準了翡翠原石的一角，想來，應該是要在這個地方，先切開一刀，露出一部分的切面，以便更容易地看到原石內部的情況了。

賈似道的印象中，那一角就外皮的表現來看，並不是十分出色，也不知道洪總怎麼就選擇了這麼個地方。

「應該是根據解剖開來之後，要製作的翡翠擺件的形狀，才會如此下刀的吧。」王彪在邊上解釋了一句。

「難道洪總對於這塊翡翠原石，就這麼有信心？」賈似道好奇。

要知道，一般的情況下，自然是等到翡翠原石全部給解剖開來之後，根據翡翠的形狀，再來決定雕刻成什麼模樣的擺件了。而現在王彪所說的好像是，洪總事先已經很好地把握了翡翠原石內部翡翠的結構形態，甚至設計好了式樣只等著把翡翠原石的表皮給解剖開來了。這麼看來，洪總對於這塊翡翠原石的研究，恐怕已經非常深入了吧？

是從去年賭回來之後，洪總就一直在琢磨著這塊翡翠了，賈似道嘀咕著，還真是有這樣的可能呢。

「這個我就不清楚了。」王彪淡淡一笑，「不過第一刀下去，恐怕整塊翡翠原石的價值，就能見分曉了。」說著王彪的臉上，還露出了頗有些凝重的神色。其實，賈似道也好，王彪也好，都沒有過多提及翡翠原石那一角的表現，並不是沒有原因的。

待到洪總開動了切割機之後，賈似道不禁也變得和大多數的翡翠商人一樣，關注起切石的結果了。面對可能出現的新景象，面對新的未知，賈似道似乎不自覺地就墊起了腳尖，探著腦袋，想要最先一步看到結果。

大型切割機的砂輪，的確運轉得很快，賈似道腦海中那些猜測的畫面，還沒有完全消失的時候，切片就已經乾淨俐落地出現了。整塊切片比較薄，幾乎比不上手指一半的厚度。在齒輪切下去的位置，最下面的地方，還留有一兩毫米的距離，並沒有完全切割開來。洪總拿出螺絲刀，在縫隙上這麼輕輕一用力，就把翡翠切片給掰了下來。

其控制的力道以及切石時對於齒輪的旋轉速度等等，可都算是把握得非常精準的了。

只是，在看了那原石切片之後，洪總的臉上卻沒有露出絲毫的笑容。

眾人在好奇與期待之下，一擁而上，開始仔細地察看起翡翠原石的切面來。只見在淡淡的白色石質中，已經微微流露出了不少翡翠的綠意，說起來，這樣的景象，應該足以叫人欣喜若狂了。畢竟，薄薄的切片過後，就出現了翡翠，足以說明洪總的眼力實在是不弱，選擇到了一個很好的地方進行切割。

可是，看過之後的翡商人們，卻和洪總一樣，沒有一個人的臉上有絲毫歡喜的意思，甚至其中有好幾個人，還頗有些哭笑不得的感覺。連郝董、董經理這兩個人，也是微微地搖了搖頭，歎了口氣。

賈似道上前仔細地看了看翡翠原石的切面，綠意的感覺，倒是還算不錯，即便不是那種極品的豔綠，卻也透著一股暖意，類似於陽綠的感覺，在視覺上非常明媚。但是，就在這隱隱的綠色之間，還有著不少黑色的點。

不同於一般翡翠原石切割出來的黑色雜質，此時看到的黑色斑點，似乎有連成線，並且好比就是蜘蛛網那樣擴散開來的趨勢。更為讓人皺眉的是，這些黑色的細線，完全和綠色的翡翠部分交織在一起，難解難分。這樣一來，如果整塊翡翠都是這種情況的話，眼前的這塊翡翠原石，無疑瞬間就從上千萬的價錢，跌落到了只值幾萬塊了。

賈似道的腦海中，很自然地就閃現出一個賭石行業的術語：蘚吃綠。

第三章

蘚吃綠

即便把有蘚的地方全部切除掉，
對整塊翡翠原石損失並不大。
怕就怕，除去那些可以看到的翡翠之外，
其他地方的翡翠部分，全部被蘚給「吃」掉了，
不要說把這塊翡翠打造成一件完整的雕件了，
就是分散當成明料來賣，恐怕也沒有多大的價值了。

這一個「吃」字，實在是用得太過傳神了。

似乎是只要出現綠色的地方，都被黑色的蘚死死地咬住，哪怕是再高明的雕工，想要把黑色的蘚給徹底挖出來，又不損壞整塊翡翠原石的造型，幾乎是不可能完成的任務。

好在翡翠原石的正面部分，原先那裸露出來的翡翠中，並沒有出現黑色的蘚，這多少給了圍觀的眾人一些安慰。

整塊翡翠原石，即便是要切垮，估計也不會垮得太過厲害了。

洪總抽出一根煙來，彷彿這樣的動作會傳染一樣，眾人也開始吸著煙，整個廠房內的氣氛在一絲詭異中，還帶有著很沉悶的感覺。一絲若有若無的失望，漸漸地隨同著那嫋嫋的白煙彌散開來。

「咳咳……」李詩韻也許是受不了香煙的薰陶，又或者是受不了壓抑的氛圍，不禁咳嗽了幾聲。那突然出現的聲音，聽在眾人的耳朵裏，格外刺耳。

賈似道很快就把手上的煙給滅了。這會兒，他可是正站在李詩韻的身邊呢。雖然他一個人的舉動對於被嗆到的李詩韻而言無濟於事，卻也能給了她不少心理上的撫慰！為此，李詩韻還對賈似道露出一個淡淡的笑容。

賈似道不禁心裏一暖，靠到李詩韻的身邊，情不自禁地就拉住了她的手。微微有些涼，很細膩，卻也很柔軟。李詩韻很難得的並未拒絕，只是在原本有些壓抑的臉色上，浮現出一種別致的紅暈，看得人憐愛不已。

而劉芳在看到賈似道和李詩韻的表現之後，淡淡一笑。

這個時候，轉移一下注意力，也不失為一個很好的辦法。至少，不用再沉浸在先前的那份沉悶之中。紀嫣然看著賈似道的眼神中，卻也很難得地露出了一絲瞭解的笑意，隨後更是在李詩韻的臉上打量了一下，遂又沉默不語。

楊總、金總兩個人，則是看著賈似道握著李詩韻的那隻手，眼神中有種說不出來的感覺，不知道是羨慕還是嫉妒。之後，兩個人更是很有默契地看了一眼站在李詩韻邊上的紀嫣然，一時間，臉上的表情又有些猶疑起來。

而他們的手，正如這個時刻空氣中的那份壓抑感，顯得蠢蠢欲動。

當然，廠房內的其他一些人，自然不會注意到這邊賈似道這幾個人的小動作。尤其是洪總，眼睛注視著眼前的翡翠原石，似乎是想要從切面中，看出這黑色的蘚究竟深入了多少。而右手的食指，則在習慣性地敲著拇指與中指之間夾著的那根煙的煙灰。

眾人都可以看到，其實在那煙頭部分，已經露出了火焰般的紅！

「洪總，不如再切一刀試試吧？」王彪歎了口氣，他把手中的煙給滅了，然後走到洪總的身邊，提議了一句：「就現在這樣的情形，誰也不知道這蘚吃得有多深。還不如就勢再往裏切一刀。」

要是有蘚的部分比較淺的話，即便把有蘚的地方全部給切除掉，對於整塊翡翠原石而言，其損失並不算大。怕就怕，除去那些可以看到的翡翠之外，其他地方的翡翠部分，全部被蘚給「吃」掉了，這樣一來，不要說把這塊翡翠打造成件完整的雕件了，就是分散了出去，當成明料來賣，恐怕也沒有多大的價值了。

再者，對於洪總來說，即便虧掉這一千多萬的資金，只要他的公司還在，總會賺回來的。洪總在賭石發家的過程中，肯定也有過類似的經歷。再者，一塊翡翠原石，輸掉成百上千萬的，在現場的這些大商人們也偶爾會遇到吧，並不是什麼丟人的事情。雖然讓人心疼，卻也無可奈何。

但是，洪總這麼興師動眾地把大夥兒給喊過來觀看切石，結果卻切出一塊廢料來，這樣面子上的打擊，恐怕才是洪總到了這會兒遲遲不肯繼續出手切下去的原因吧？

也許是有了王彪出聲，打破了眾人的沉默，大家彷彿是紛紛回過神來一樣長長地吸了一口氣，才對著洪總說些安慰的話。

這個時候，洪總也顯現出作為大老闆的魄力，扔掉了手中早已經燃燒到底的煙頭，選擇了第二次下刀的位置，依然是那一個角落。而準備切出來的原石切片的厚度，卻是厚達一釐米。

這樣的厚度果能把黑色蘚的部分給全部切掉，自然是再好不過了。即便不能完全切除，這麼厚地切下去，切面上的情形，無疑也會明朗起來，似乎這塊翡翠原石的成敗在此一舉了。

而在洪總豁出去了之後，眾人的心反倒安定了下來。

相比起洪總的第一刀花費的時間，這第二刀則要更久一些。眾人的注意力，都集中到了那齒輪的位置，直至旋轉著的齒輪戛然而止。

大家臉上的表情，頓時變得有些猶豫。

洪總攥了攥手中的螺絲刀，深吸了一口氣，上前幾步，掀開了原石的切片。眉頭一跳，臉上的表情，頗為怪異。隨後，眾人再次如同第一回那樣，紛紛上前察看。賈似道拉了一下李詩韻，倆人跟在眾人的末尾，不知道是有意還是無意的，到了這會兒，賈似道也沒有鬆開李詩韻的手。

甚至在握著的時間裏，賈似道的手下意識地搓揉了幾下，李詩韻卻是兀自把頭撇向了別的地方，而賈似道的內心裏充滿了笑意。

也許是覺察到大家對於眼前的翡翠原石都看得差不多了吧，李詩韻才微微掙扎了，抽回了自己的手，一副若無其事的樣子。

賈似道淡淡一笑，跟在李詩韻的後面，看到原石的切面上，這會兒出現了冰種的翡翠。而原先幾乎佈滿所有綠色所在地方的黑色蘚，倒是少了大半。但是，靠近下表皮的半個區域中，黑色的蘚和綠色的翡翠依然咬得很緊。

透過強光手電筒，可以看到，這樣膠著的狀態，應該還有很深。

這麼一來，整塊翡翠原石，比起原先最好的預計而言，恐怕只能有一半的成績了。難怪在原石正面的部分，看到了不少的質地和水頭都不錯的冰種飄綠的翡翠呢，所有的蘚都順著原石底部的綠色帶滲透進去了。

只要把下表皮慢慢地解開來，看清楚蘚的蔓延趨勢，整塊翡翠原石內部情形，才算是徹底明朗。當然，賈似道還注意到，在原石的中間一層，似乎還有點變種的趨勢。這會兒，要是原石是屬於賈似道的話，他肯定會忍不住要用特殊能力感知一下了。

同樣顏色的翡翠，玻璃種的，自然要比冰種的值錢很多了。也難怪洪總在看到這個切面的時候，臉上時而欣喜，時而有些愁了。

出現蘚，無是一個壞得不能再壞的消息，但是，出現了質地上的變種，尤其是向著高品質方向的變種，又是一個非常好的消息。相比較起來，整塊翡翠原石的價值，也還是能夠過千萬的吧。而接下來洪總對於原石的解剖，動作俐落而乾脆。

解石的結果，也沒有絲毫懸念，正如從切面部分所看到的那樣，帶蘚的部分，只是比預計的再稍微多上一些。內部有變種趨勢的地方，也的確是屬於玻璃種的翡翠，只是這部分的顏色，不是太出色，倒是教人有些失望。

但是塞翁失馬焉知非福，要不是如此的話，反而出現豔綠之類的，恐怕這部分的玻璃種翡翠，也難逃被蘚「吃掉」的厄運吧？

正所謂一得一失，一飲一啄，也正是如此了。

等到整塊翡翠原石的表皮層全部解剖開來，眾人紛紛拱手，向洪總祝賀了幾句。在經歷了一場考驗之後，好在結局還算完滿，大家臉上的表情，也都還不錯。洪總的心情自然也不算太差，本來還準備邀請大夥兒一起聚一聚，再商討一下關於這塊翡翠的雕刻等事宜的。

不過對於這種技術活兒，大家顯然沒有對於切石那般來得熱情。願意留下來參與的人並不多。

王彪和賈似道，自然也就此告辭了。一來，王彪自己就有加工作坊，論到加工大件的翡翠作品，王彪自己也是聽從專業設計師的安排，不會胡亂插手，要留下來和洪總商量，自然也沒有什麼好說的；二來，在經歷了洪總的切石過程，如此驚險刺激之後，大夥兒的內心恐怕都憋著一股勁！不出去找幾塊原石來發洩一下，又怎麼對得起這漫漫長夜呢？

要知道，這裏可是陽美！尤其是夜晚的陽美，對於賭石的人來說，格外迷人！

賈似道心裏自然是明白王彪的打算，二話不說，就跟著王彪出門了。李詩韻和劉芳自然也是跟上。不過，讓賈似道沒有想到的是，紀嫣然竟然也跟了過來，在她的身後必也少不了金總、楊總這兩位了。

幾個人在門口，互相打量了一下，尤其是看到李詩韻和紀嫣然兩個人，此時，正情同姐妹一樣，擺出一副共同進退的表情，大家心裏也就算是默認了，大家一起行動吧。

當然，楊總和金總兩個人，這會兒是沒有什麼好的安排了，要不然恐怕兩個人再怎麼在意紀嫣然，也不會如此這般地跟了出來。放心不下紀嫣然是假，想要跟著一起去看貨，又或者乾脆就是去看看王彪是怎麼樣切石的，才是真吧？

「呵呵，幾位看上去，想必是有著不錯的安排了。不如加上我們兩個，如何？」一句爽朗的聲音帶有一絲粵語的腔調，正是郝董以及董經理兩個人。一邊說著一邊就來到了王彪的身邊。

「看你說的什麼話。以我們郝董的手段，難道還沒有去處？」王彪沒好氣地揶揄了一句。不過臉上並沒有慍色。從金總、楊總的表現來看，足以說明，他們應該是傍晚的時候剛到的。

要不然，之前劉芳說到賈似道切出玻璃種藍翡翠的時候，紀嫣然就不會露出好奇的眼神了。這樣大的消息，只要是下午到了陽美的人，一定能夠收到風聲。

一行九人，說笑著，向著一戶人家裏走去。這也是王彪事先就安排好了的。洪總雖然說自己晚上要切石，但是，切石總不能切一個晚上吧？給自己預留一個去處，甚至是兩三個去處，在賭石的行家眼裏，可是非常必要的。說不定，有時候會派上用場了。

敲開了這戶人家的大門，裏面已經是頗為熱鬧了。不過，那人在看到王彪一行九人之後，還是微微一愣。來看貨的人，他見過不少，如此規模的，卻實在是少見。好在王彪和那人還算熟，介紹了一句都是朋友之後，眾人也便依次地走進了大門，來到了客廳裏。

此時，已經有五個年輕人在了。大家也沒有什麼客套的話，沙發上的位置，早就不夠座位了。在看到還有三位女人之後，那幾個年輕人，倒是站起身來讓座。

李詩韻原本還要客氣一番。劉芳倒是大大方方的，人家讓座了，她就很乾脆地坐了下去。王彪不禁笑著說了一句：「一點禮貌都沒有，你看看人家小李……」

正說著呢，李詩韻就跟著坐了下來，隨後，紀嫣然也在李詩韻的拉扯下，坐在了她的邊上，一時間，三個女人把長沙上的位置都給占了。

王彪頓時啞然。還被郝董給打趣了一回，笑著贊了劉芳一句：「一點都不見外，不客套，這才是女中豪傑嘛。看你王總，都這麼個年紀了，反倒沒有女人來得那麼豪氣了。」

王彪聞言，也只能是搖頭苦笑了。

賈似道不去理會兩個人的打趣，看了看客廳裏的佈置，比較普通，也很隨意。唯一有些特色的，就是在客廳的茶几上放置了不少的翡翠原石，有十來塊，個頭都比較小，大部分類似於拳頭一樣，而在茶几的邊上，倒是還有幾塊大一些的翡翠原石。有的是切過的，有的是全賭的，各不相同。

王彪幾個人進來之前，幾個年輕人正在看一塊開了窗的翡翠原石。大家的意見似乎並不太統一，還在爭論著。也難怪賈似道一見大門打開來之後，會感覺到裏面頗為熱鬧了。

陽美村就是這樣。這裏的男人，不管年紀的大小，基本都會從事翡翠相關的行業，尤其是會參與到賭石之中。不說每個人都是行家吧，卻都可以說出個子丑寅卯來。裝裝樣子，看些普通的翡翠原石，還是足夠了的。

而且，一到晚上之後，幾乎很多的人家裏，都會如現在賈似道所看到的這般，三五個人聚在一起，看看翡翠原石，又或者是在進行切石。

這樣的家庭比較多，如果是沒有門道的話，很難摸到地方。尤其是對於外地的商人而言，沒有事先約過的話，即便是你找上門了，人家也不見得會開門讓你進去。

因為王彪說過，就是來看翡翠原石的，賈似道便先對房屋的主人示意了一下，然後才拿起那塊他們正爭論著的翡翠原石，表皮為灰褐色，看上去質地比較細膩窗口的那個切面上，也有著不少的綠意，只是不太濃翠，顯得有些深沉，有點像是菠菜綠的樣子。

不過除此之外，還有些淡淡的裂痕，估計是切石的時候沒注意，下刀不準確又或者是原石本身就有這樣的裂痕。因為賈似道事先沒有見過類似的翡翠原石，倒也不好判斷。

只是這一晚下來，先是讓賈似道遇到了蘚，現在又遇到了裂，實在是讓賈似道心裏大喊過癮。在賭石中，除去「蘚吃綠」之外，還流傳著「賭什麼，千萬別賭裂」的話。可見，翡翠原石上的裂，可要比蘚來得更可怕，也更為變幻莫測。

大凡是能出現傳言的，想必，都不會是易與之輩吧？

賈似道把翡翠原石給了王彪，希望他給看上幾眼。對於王彪見過的翡翠原石，自然要比賈似道來得多許多了。賈似道轉而開始挑選起茶几上的翡翠原石來。只是，看了一會兒之後，卻感覺這些原石表皮的表現都比較一般。

眾目睽睽之下，賈似道也不好意思直接用左手的特殊能力感知去一一感應，只能訕訕地收手，回到王彪的身邊，等待著他的反應了。

而像李詩韻、紀嫣然幾個女子，這會兒卻沒有把注意力集中在賈似道這邊，反而是繼續察看著茶几上的原石。對於女性來說，那些大個頭的翡翠原石，顯然沒有眼前這些小個頭的原石來得有吸引力。

那纖纖玉手上，把玩著小塊的翡翠原石，原石的灰黑色與手指的白色，相映成趣，倒也不失為一道靚麗的風景！

「怎麼樣？」看到王彪把手裏的翡翠原石，轉手又給了郝董，賈似道這邊還沒詢問出來呢，房主倒是問了起來。賈似道心裏一笑，恐怕，這幾個年輕人先前所爭論的，正是這裂痕究竟有多深吧？這麼一來，這切面上的裂，估計就是天然的了。如此來看，這塊原石的賭性並不大。

對於翡翠的裂，要是沒有很大把握的話，大家都會刻意地不去觸碰。就好比是雷區一樣，還是遠離一些為好。當然，這也是有前提的，要是一般品質的翡翠原石，就好比是現在這塊，質地在豆種和冰種之間，菠菜綠的顏色，也不是很透徹，即便裂痕不大，也只能算是中檔翡翠。這樣一來，翡翠原石本身的價格就不會太高，賭上一賭，倒也無妨。

此外，就是切過的翡翠原石要是還有裂的話，對於買家的判斷無疑是有很大幫助的。經驗老到的行家，勢必可以從切面中比較準確地推斷出裂痕究竟能達到多深，從而判斷出整塊翡翠原石的價值竟有多大。

「還成吧。」王彪不動聲色地答了一句。

那位房主聞言，臉上並沒有露出欣喜的神情，反而是淡淡的愁緒，王彪對此也很無奈。

說起來，賭一行，和古玩一行，還是頗有些相似的地方的。那就是雙方在擺明了要交易的時候，要是賣家說一件東西還不錯，還算湊合的時候，則是已經徹底放棄這件東西了。要是說這件東西什麼地方不好，什麼什麼地方不對，那麼，內心裏恐怕是非常想要這件東西了。

這種情形說來有趣，但實際上就是買賣中的一種普遍存在的交易方式。對於想要的東西，買家要是誇耀幾句，砍價的時候非虧死不可。

約莫又過了兩分鐘的時間，郝董把翡翠原石給擺回到了茶几上，臉上露出一個淡淡的微笑，並且示意邊上的人，要是誰有興趣的話，可以都上去看看，但是他自己想必是不會出手了。對此金總、楊總幾人，也自然是興致缺缺了。

而房主，自然是一臉沮喪了。不過，就在轉瞬間，他就恢復了過來。莫非是他事先和那幾個年輕人爭論的時候，就是猜測裂痕比較深入？

賈似道看了一眼邊上的其他幾位年輕人，只有其中一人的表情實在是沮喪到了極點。其他幾人，卻都是頗為輕鬆的表情，甚至還有些幸災樂禍。而隨著金總、楊總等人，輪番上前拿起茶几上的翡翠原石察看，幾個年輕人中每個人所注意的物件，也是大不相同。似乎是跟著翡翠原石在轉一樣。

賈似道心裏對他們幾個的關係，總算是了然於胸了。

看來這茶几上的翡翠原石並不全部都是房主的，而是其他幾位年輕男人的居多。晚上幾人聚在一起，不過是想要共同討論和研究一番而已。正巧遇到了賈似道一行人，自然也就存了想要高價出手的打算。這些翡翠原石，本身就沒有太大的價值，一旦被人看上了，說不定就可以賺上不少。只是，賈似道一行人的眼光都還不弱，並沒有看上眼，卻有些出乎幾個年輕人的意料。

好在幾人也不是全無收穫，很快，金總就發現了茶几邊上的一塊籃球大小的翡翠原石，表現還算不錯，想要收上手。而見到金總的表現之後，其中一位娃娃臉的年輕男子，先是一愣，隨即很快就拿起茶几上的計算機，匆匆按了一串的數字，遞到金總的眼前。

金總看了之後，眉頭一皺，很快地修改了一下計算機上的數字，轉而遞了回去。年輕男子搖頭，也不說話，再度修改了上面的數字。兩個人你來我往的，足足來回遞了不下十來次，總算停止了下來。然後，各自點了點頭，這筆交易也算是完成了。

看得沙發上的三個女人「咯咯咯」地笑了起來。

實在是兩個人來回遞計算機的行為，頗有點小孩玩過家家的感覺。這樣的砍價還價方式，不光給三個女人增添了不小的話題，也讓賈似道心裏明白，別看賭石行業對於賈似道而言沒有什麼挑戰性，但是，究其一些小門道的話，賈似道所需要學習的恐怕還有很多……

賈似道在進入客廳的時候，也看到了茶几上的計算機，卻絕對不會想到這計算機還有著討價還價的功用吧？倒是王彪和賈似道提過，在陽美砍價的時候，因為村裏賭石的人太多，大家又都很熟悉，砍價的時候，避免在人情上犯錯誤，大家一般不會面價，大多是直接拿工具進行的。

比如，王彪就吩咐過賈似道，到時候要好好地利用手機。一來有利於砍價的時候，表現得更為冷靜一些，在發簡訊的時間裏，還有思索的餘地；二來，手機還是一種聯繫工具。一筆交易不管有沒有做成，留下一個通信的號碼，總歸還有下次繼續做買賣的機會不是？

所以在陽美村，大家商量價錢的時候，採用手機簡訊的方式，還是比較流行的。有時候打聽到某個人手裏有塊不錯的翡翠原石，會發條簡訊先詢問一下。至於計算機，對於金總這樣的商人來說，也不會是陌生的東西。

「好了，你小子，想要幫人也幫了，就別在這裏忽悠人了。就你那點小門道一眼就看得出來。這回啊，是不是應該拿點好東西出來？」王彪看到金總的交易完成之後，終於一改原先淡漠的神情，笑著對房主說道：「要是沒什麼好貨的話，說不定下回我就不來找你了。」

「瞧您說的，你王總預約的生意怎麼敢不用心啊？」房主「呵呵」一笑，也不在意王彪的熟稔，這會兒，倒是有些體現出他作為主人的態度來了，他對著邊上的幾個年輕人使了使眼色，幾人紛紛出言告辭，在走之前，把茶几上、地面上的翡翠原石搬到客廳邊上的一個大櫃裏。

「讓你們見笑了。」房主先是解釋了一句，「剛剛這些，不過是開胃小菜而已……」也許是看到王彪那笑意盈盈的神色，房主苦笑著說：「別這麼看著我，我也是沒辦法啊，都是一些長輩的孩子，要我幫忙介紹幾個客戶。我這一想，反正王總您晚上不是要來嘛……」

「行了，趕快去你家的地下室吧。敢情拿我來做冤大頭來了。」王彪揮手示意了一下。想來，他也應該不是第一次來這裏了。

「是，是，是，這邊請！」房主吐舌頭，露了一把鬼臉，然後伸手做了一個請的動作，幾人便跟著他，先是走向了房屋的里間。然後，只見他在牆壁上的某個位置按了一下，牆角邊就露出一道打開的門來，裏面一片漆黑。又見他順手在牆上再按了一下，出現了一些昏暗的燈光，並不是很明亮。

但是，想到下來要在這地下室裏看翡翠原石，房主有這般的設置，也顯得理所當然了。

要不然，依然用客廳中的那種白熾燈，照得如同白晝一樣的環境，賈似道倒是要懷疑，接下來要看的翡翠原石的品質問題了。

一行九人，跟著房主一起，進到了地下室，這裏的翡翠原石多了許多，個頭也不再是小蘿蔔頭。不光是牆角堆滿了，正面的一排鐵皮櫃上，甚至連地下室中間的空地上，也放置著不少。待到十個人一起全部走了進來之後，整個地下室裏，一時間，反而顯得有些擁擠了。

「大家隨便看。要是有相中的，再跟我說。」賈似道揣測著，房主的年紀可能還不如自己大吧？在翡翠毛料的生意上，倒是做得比自己要大上許多了，真不愧為陽美人啊。

好在聽王彪的口氣，人家的老爸也是這一行的，這多少讓賈似道心理平衡了一些。

也許是覺察到了賈似道的神情變化，李詩韻不禁偷偷地捏了捏賈似道的手，露出一個看似安慰、實則取笑的表情。賈似道下意識地就在對方握著自己的手心上，用手指撓了撓。

李詩韻瞬間就像是觸電一樣，把手給縮了回去，還瞪了賈似道一眼，表情上卻是連忙有些做賊心虛地看了看其他幾人的注意力。好在大家都在各自察看著翡翠原石，就連劉芳，這會兒也是好奇地左看右看的，壓根兒就沒有人會注意到她和賈似道之間的小動作。

李詩韻這才鬆了口氣，繼續惱了賈似道一眼，一撇頭，兀自地去看翡翠原石了。

賈似道嘴角流露出一絲淡淡的微笑。

「這位哥們，不如先來看看這幾塊毛料，怎麼樣？」正當賈似道準備朝著鐵皮櫃那邊走過去呢，房主倒是伸手邀請了一下，手勢所對著的地方，是地下室中間的空地上。

「也好。」賈似道倒是無所謂。

「呵呵，這些可是最近一批運過來的翡翠毛料。」房主解釋了一句，也許是賈似道和他的年紀相仿吧，他倒是只顧得和賈似道說話了：「其中這兩塊的表現，實在是上佳。你要是先選了，別看王總現在挑得挺起勁的，不過，等會兒他肯定會後悔。」說著還嘀咕了一句，「誰讓他不識貨來著。」

「哦？」賈似道這下倒是好奇了，轉而仔細地看了一眼地上的毛料堆，尤其是房主所指示的那兩塊。其中之一，就表皮的表現來看，的確是很不錯，白沙皮的，很薄，蟒帶松花也比較明顯。不過，這樣的翡翠原石甭管能不能切出翡翠來，其價格肯定不會太低。如果賈似道想要收手的話，勢必沒有太大的利潤。當然，如果是玻璃種之類的級別，賈似道自然也不會放過。

而另外一塊，表皮的表現同樣上佳，但是，賈似道卻注意到，翡翠原石的一角，明顯有些裂的痕跡，而且，還向著原石內部滲入了。在心裏一動的同時，也有些明白，這位年輕的房主，為什麼會特意找他來看這兩塊翡翠原石了！

如果是換成了王彪這樣的行家前來看這兩塊翡翠原石的話，或許第一塊白沙皮的，還能被相中，但是，這第二塊出現了裂的翡翠原石，無疑會被很快放棄。倒不是說，這種出現裂的翡翠原石，就一定不會有什麼好的翡翠存在。實在是這裂，即便是老行家，也很難判斷出究竟裂進去了多少。

如果整塊翡翠原石內部的翡翠部分，全部佈滿了細細的裂紋的話，那樣的翡翠，即便質地或者水頭、顏色再好，又有什麼用呢？

而且，眼前的這塊翡翠原石，是一塊全賭的毛料。哪怕就是房主自己，也不敢在上面動刀，弄出個切面或者窗口的。天知道，一刀下去之後，會出現什麼樣的情景呢。

賈似道先前在客廳裏，看到翡翠原石切面部分存在著裂痕，都不是很容易能夠把握住，轉而還需要請教王彪，這在房主看來，肯定是他心裏認為，賈似道對於翡翠原石的裂的觀察，顯然不怎麼道地。再看賈似道自從進屋之後，又是第一個察看翡翠原石的人，其他的幾位商人的臉上，並沒有因此而出現什麼慍色。很顯然，賈似道在這一行人中的地位，也絕對不會是隨從。現在，房主這麼就找到賈似道來看這兩塊翡翠原石，怕也是觀察了好久之後，才做出的決定吧？

其中一塊表現較好的，自然是用來吸引賈似道的，而第二塊那裂痕出現的地方，並不是很明顯，如果賈似道沒有察覺，而忽略過去的話，定也會收下了。即便賈似道察覺到了裂痕，因為不瞭解，年紀又輕，終歸還是會有很大的機率來賭上一賭。

如此一來，房主的小算盤倒也打得挺精明的。

賈似道嘴角淡淡一笑，眼神中流露出一絲裝模作樣的欣喜，轉而再看了看在地下室中間的位置，除了這兩塊表皮表現比較良好的翡翠原石之外，還有零散的一些小型翡翠原石，看上去，更像是被大家挑選之後剩下來的。而在這些小塊翡翠原石的中間位置，還有三塊大型的原石。只是，僅僅看了一眼，賈似道就能感覺到，這三塊翡翠原石給人的感覺，不是很出色。形態上頗有些相似，為長方體，豎立著靠在一起放置在地面上，連表皮的顏色，也都是灰不溜秋的不怎麼招人喜歡。

「這三塊原石，也是最近一起過來的？」賈似道好奇地問了一句。

「那是。」房主笑笑解釋道，「這堆毛料中，除去剛才的這兩塊，還有這塊……」說著，房主還指了一下，就在剛才看的兩塊翡翠原石邊上，還有一塊烏沙原石，個頭很小，還沒兩個拳頭大呢，賈似道先前看到的時候也就沒有太過在意：「其他的，都是以前的存貨。」

「嗯！」賈似道點了點頭。

以前的存貨？恐怕是以前被人挑選之後留下來的吧？至少，這些翡翠原石就表皮的表現來看，價值都不大。

「你們家一直都是做翡翠毛料生意的？」賈似道緊接著問了一句，因為這地面上的翡翠原石，竟然全部都是全賭毛料，倒是讓賈似道有些詫異。

「算不上吧。」房主回答，「有時候也會切石。不過，開了窗的，或者是一些明料，都存放在那邊呢。」說著，還指了指王彪和郝董幾人所在的方向。那裏的幾個大鐵皮櫃，應該是很好的說明了。而且，從王彪和郝董等幾個人的臉色來看，僅僅是這麼點時間，就各自找到了不錯的目標。

「那你還拉著我過來，看這些全賭的毛料？」賈似道不禁苦笑。

「這個……」房主一愣，隨後撓了撓腦袋，不知道怎麼解釋了，猶豫了一下，才說道：「這個，其實是王總他對於這裏的佈置比較瞭解，也不是第一次來了，自然知道他想要的料在什麼地方了……」

「行了，你不用解釋了。」賈似道聳了聳肩，一副無所謂的樣子，隨即又蹲下了身，察看起翡翠原石來，一邊翻看著，一邊說道：「不過，說起來，你還真是找對人了。我就喜歡看全賭毛料。」正當房主有些欣喜的時候，賈似道卻又塞了一句過來：「因為那些明料實在是太貴了，我可出不起價錢。」

房主不禁對著賈似道露出一個沒好氣的眼神，心裏則是在琢磨著，眼前這位也不太好對付啊！

第四章

賭裂

「這塊原石出現裂痕的位置很小，
還是賭裂中風險最小的橫向裂，只是虛浮在原石的表層，
對整塊翡翠原石的價格影響並不大。」
要不然的話，我恐怕就直接開價四十萬了。
要知道，就其他部分的表皮表現來看，
這塊原石絲毫不比白沙皮原石來得差。」

兩個人就這麼湊在一起，賈似道看著翡翠原石，房主看著賈似道的舉動。而這會兒，除去郝董、王彪兩個人是在察看明料之外，董經理一個人在地下室的左邊角落裏，察看著半賭的原石。金總以及楊總，則是一起站到了右面，反而是紀嫣然、李詩韻，劉芳幾個人走在了一起。三個人是這邊轉轉，那邊看看，偶爾還會停下來，仔細地打量上幾眼。

完了，李詩韻還想抱起一塊翡翠原石，詢問一下價格呢。不過，或許是翡翠原石的個頭有點大，她看了看，始終沒有敢下手去抱。因為房主事先就說好了的，凡是誰先看中的，自然是誰可以先講價啦。只要把自己看中的翡翠原石，堆放到一起就成。

他想著，諸如王彪這樣的大客戶，是斷然不會來了之後，只挑選一塊兩塊翡翠原石的。

這麼一來，李詩韻左右打量了一下，直接把房主給喊了過去。賈似道不禁對著李詩韻淡淡一笑。對方卻回敬了一個比較得意的眼神。恐怕，在李詩韻看來，她那塊相中的翡翠原石，應該表現不弱吧？

不過，賈似道可不會覺得以她這樣的眼力，能有什麼驚人的表現。即便是看到好的翡翠原石來，也會被房主給好好地宰上一頓。畢竟，翡翠原石的表現過於良好，在砍價的時候會吃虧，也是難免的。要是表現不好，李詩韻勢必就不會有那微微得意的神情了。好在還有紀嫣然這個賭石行家跟在身邊。

這會兒，賈似道倒是有些羨慕起紀嫣然來。就她那副亙古不變的淡漠表情，在講價的時候絕對是無往而不利。尤其是房主還是這麼個年輕人，恐怕狠不下心來和她計較了。

看到房主轉身離開之後，賈似道的左手，在翻看起地面上的翡翠原石時，變得有針對性了許多。幾塊先前看著感覺還不錯的小塊原石，賈似道都用特殊能力來感知了一下。事實證明，被廣大的行家們所察看過的翡翠原石，想要再尋找到幾塊好的原石來，的確不是件容易的事情。

連那塊小塊的烏沙原石居然也只是一塊廢料而已，裏面的翡翠倒也能切出來，其質地卻是連豆種都沒有達到。賈似道歎了口氣，轉手就放下了。到了最後，賈似道也只能去感應那塊表現最好的白沙皮原石了。

本來，賈似道還狠了狠心，覺得要是有玻璃種，或者冰種這樣質地的翡翠，即便價格高一些，也準備拿下了。畢竟，大家一起前來看貨，總不能就他一個人空手而歸吧？

只是上天似乎和他開了一個玩笑一樣，在他的特殊感知能力完全充斥於整塊白沙皮原石的時候，依然沒有感覺到什麼好質地的翡翠。

「可惜了！」賈似道嘀咕一句。也不知道是說這塊表現很好的翡翠原石呢，還是說他這一趟地下室之旅。再看那塊表皮就有裂的痕跡的原石，說到底，在一開始看到這傢伙的時候，賈似道的內心裏就存了要收下的心思。

如果說，對於翡翠原石的蘚，賈似道還感覺到有些難辦的話，那麼，對於翡翠原石的裂，就是賈似道所期待的了。別人眼中鬼神莫測的裂痕，在賈似道的特殊能力感知下，絕對是無處遁形！只要掌握了裂痕的深度和翡翠原石內部究竟還有著多少的翡翠部分，就可以很好地估算出整塊翡翠原石的價值。

這麼一來，因為表皮上有裂，賈似道收貨的時候，完全可以根據這一點來壓價。就好比是那些表現很一般的翡翠原石，低價收入，轉手切開來，不管翡翠部分的顏色怎麼樣，賈似道都不會虧本。

相反，諸如眼前的白沙皮原石這般的好表現，賈似道收手的時候，勢必會有一些猶豫。萬一裏面的翡翠顏色不正的話，在價格上可是大打折扣的，弄不好，買入價太高，還可能會虧本。

所以，賈似道仔細地看了看出現裂的地方，嘴角微微一笑，用左手輕輕地觸摸了一下，轉而開始緩慢地感知起其內部的情況來。與一般的翡翠原石沒有什麼不同，唯一多出來的，就是那細微的，幾乎不仔細感應，就沒辦法完全出現在腦海裏的那如絲般蔓延開來的裂紋。很細很細，但是卻很多。

好比是一塊純淨透明的玻璃，用錘輕輕敲了一下之後，玻璃沒碎，而在敲過的地方，以著力點為中心，擴散開來許多細小的裂痕。

那種感覺，隨著賈似道注意力的不斷集中，在腦海裏的感應也越來越清晰。

賈似道幾乎可以想像得到，哪怕是他現在觸摸在翡翠原石上的手，輕輕地顫抖一下，這些細微的痕跡就會徹底地跑掉。於是，賈似道的左手，在這一刻，竟然表現出前所未有的輕柔感覺，倒有點像是在感應著一位情人的手一樣了。

而就在這麼一瞬間，李詩韻的俏臉，陡然間閃現在賈似道的腦海之中。來得是如此突兀，又是如此清晰。

有那麼一會兒，賈似道的腦海裏，對於翡翠原石的感知似乎是一片空白，完全被李詩韻嗔怒的微笑給取代，連一點空餘的地方都沒有留下來。而賈似道的左手，下意識地就縮了回來。並且，眼神還頗為慌亂地看了一眼正在和年輕的房主討價還價的李詩韻，心跳撲騰撲騰的。

當然，比起腦海中對於特殊感知能力的消失，賈似道心裏更為駭然的就是驀然間升騰起一個怪異的想法，如果把自己左手的感應力，真實地放置到李詩韻的手上，會出現什麼樣的景象呢？

一直以來，賈似道可都沒有把感應的對象，放到人的身上。連小貓小狗賈似道都從未想要去試一試。

而如今突然的念頭，讓賈似道對於特殊感知能力方面的應用，多出一個選擇了。當然要賈似道第一個就去找李詩韻試驗，那是斷然不可能的。

難道放在自己的身上？

賈似道苦笑了一下，為了安全起見，還是暫時算了吧。

再看了看收回來的左手，手指上的青色紋，依然清晰可見，賈似道下意識地長長地舒了口氣，並且調整了一下自己的呼吸，再度看了一眼李詩韻之後，才感覺到剛才那一刻，能出現那般的反應，實在是有點自己嚇自己了。隨即，才重新開始了對翡翠原石的感應。

不過，在賈似道的內心裏，恐怕已有些明白，自己對於李詩韻的感情了。要不然，剛才閃現進入腦的那張笑臉，為什麼如此清晰可人呢？

整塊翡翠原石長度在三十釐米左右，寬度將近二十釐米，而高度還不足十五釐米。賈似道用自己的手，去丈量了一下，看了看那處有裂的地方，賈似道的特殊能力感知滲透進入，還是先前的那般感覺。

賈似道的心頭卻是一喜。倒不是翡翠內部的裂痕很快就消失了，而是這一次再度感應起這些細微的痕跡的時候，竟然要比原先的第一次來得更加快速和清晰。

莫非是特殊能力的感應，比以往更加純熟了？還是說，賈似道對於自己注意力的控制，比先前來得更加得心應手了呢？

賈似道按捺住自己心裏的好奇，對於翡翠原石的感知速度也越來越快，那些原本還顯得頗有些明顯的裂痕，似乎是越來越細，在局部的區域內，越來越分散，而且，其整體的走勢，倒是很一致地向著原石的上表皮那邊過去的。至於整塊翡翠原石的內部，就翡翠的質地而言，存在著一個成熟的變種過程。

靠近裂痕的這一端，先是比較明顯的冰種，而隨著不斷深入，逐漸地過渡到了玻璃種的級別，而遠離裂痕的那一端，就是純粹的玻璃種翡翠了。

賈似道的嘴角下意識地就流露出了一絲笑意。這樣的表現，可是很符合賈似道對於這塊原石的期望。

只要那部分的玻璃種翡翠，沒有被裂痕所吞噬，這塊翡翠原石賭漲的可能性就很大。要是在顏色上再稍微出眾一些的話，那可就是大漲啊。一時間，賈似道對於眼前這塊翡翠原石，越看越喜歡。連帶著，先前察看的時候，沒有發現一塊好的翡翠原石的那種鬱悶，也一掃而空了。

不過，看得多了，賈似道倒是有些發現，原石表皮的表現，並沒有絲毫出現高綠的特徵，哪怕就是蟒帶也很淡，即便出現綠色，可能也就是一般的綠意了，這讓賈似道的眉頭不由得皺了皺。一時間，內心的那種瘋狂的喜悅，似乎也隨著預知的翡翠顏色一樣，淡了不少……

有得必有失！

賈似道也只能如此安慰自己了。閑來無事，正當賈似道準備去李詩韻那邊看看，她們有什麼樣的收穫的時候，瞥了一眼地下室中央地面上的翡翠原石，心裏琢磨著，應該都已經用特殊能力感知過了吧？

看到正中間位置，那豎立著的三塊灰不溜丟的翡翠原石，不禁一笑，心裏嘀咕了一句：倒是把它們給忘了。

先是拍了拍好不容易看中的這塊翡翠原石，賈似道這才換了個位置，走近幾步，對著那三塊絲毫不起眼的翡翠原石，察看了起來。只是，打量了好一會兒，賈似道微微咬了一下自己的嘴唇，感覺著，怎麼看怎麼透著一股邪氣呢？

不是說眼前這三塊翡翠原石，存在著作假的痕跡，就表現來看，實在是算不得太好。尤其是顏色，透著一股沉悶的感覺。

要是內部的翡翠的顏色也是如表皮這般的話，恐怕即便切出玻璃種翡翠來，也沒有太高的價值吧？

都說賭石的人，很多時候都會憑藉著自己的第一感覺來決定賭，還是不賭。尤其是像王彪這樣的大商人，生意做得越大就越是依賴於這種直覺。往往在碰到一塊不錯的翡翠原石的時候，總是先有了想要購買的直覺，再去察看翡翠原石的表現，這樣賭漲的可能性自然會更加高一些。

說白了，就是隨著經驗積累到一定程度的時候，看到一塊翡翠原石，大概就會有一個初步的判斷，不見得百分百正確，卻也好過浪裏淘沙，大海撈針。

而眼前這三塊翡翠原石給賈似道的感覺，就是會切出不錯翡翠的那種，只是其表皮的表現，實在是太過寒磣了一些。一時間，賈似道倒是有些懷疑自己的直覺了。所幸大家都在仔細地察看著自己看中的翡翠原石，賈似道也不怕有什麼人會在這個時候過來打攪，倒是可以好好地先從翡翠原石的外部察看一番。

因為皮色比較黑，賈似道微微用手指觸摸了一下，感覺還算是頗為細膩的，表皮有點像是楊梅沙皮，在粗糙呈現出粒狀的同時，石質部分的硬度還不錯。

賈似道這才放下心來，用強光手電筒在翡翠原石上不斷地探尋著。

猛然間，有盎然的綠意，閃現出來，透過斑駁的表皮，讓人感覺到格外欣喜。對此，賈似道卻是眉頭一皺，按說，既然以他的那點眼力都可以看得出來，那麼其他的行家自然也就看得更加清楚了，可是為什麼到了現在三塊翡翠原石也還沒有被人選走呢？

賈似道可是清晰地記得房主說過，這幾塊原石，可都存放在地下室裏好長時間了。

搖了搖頭，賈似道接下來察看的時候，不禁更加小心起來。

隨著強光手電筒照射的地方，越來越多股隱藏在原石表皮之下的盎然綠意似乎連成了一片，佈滿了整塊翡翠原石的表皮大概四分之一左右的區域。賈似道心裏苦笑看著這麼大片的地方，都出現了綠意該就是非常好的表現了。其實不然，在真正行家的眼裏，這樣的翡翠原石，反而不值錢了。

「寧要一條線，不買綠一片。」說的正是眼下這種情況。

對於翡翠原石中的綠色形狀特點來說，「一條線」基本上就能切出帶綠。也就是縱向地從表皮處開始向著內部延伸，賈似道以前切出來的驚喜萬分的綠色帶，大多就是「一條線」。而「綠一片」更多地只能切出靠皮綠來。

說白了，這翡翠原石表皮上的綠的形態，就是反映內部翡翠的兩種表現形式。

如果表皮的綠線厚度足夠的話，那麼，其內部的延伸，即便稍微變得窄一些，也不會影響買家大致的判斷，只需要考慮其深度究竟可以達到多少就行了。而片的面積是已知的，厚度是未知的。

相比在知道翡翠厚度的情況下對於長度判斷，在忽然見到翡翠的大範圍面積之後，那種喜悅會很容易左右一個人對於翡翠厚度的判斷。要真是「靠皮綠」的話，僅僅一塊翡翠原石，就足以讓人傾家蕩產了。

更何況，眼前這三塊翡翠原石的表現，賈似道認真地察看了一番之後發現，至少就有其中的兩塊，是屬於「靠皮綠」無疑了。這不光可以從表皮的松花、蟒帶之類的特點去察看，還可以用強光手電筒來照射，然後憑著自己的經驗和感覺來判斷。

只不過這地下室裏的燈光，似乎有點阻礙了賈似道對於翡翠原石內部綠色成分的判斷形勢，他轉頭看了一眼還在和李詩韻幾人小聲討價還價的房主，賈似道再抬頭打量了一下頂棚上唯一的燈，正散出昏暗的光，如同那蒼白的翡翠切面，總讓人的心底裏感覺到有點虛，嘴角也只能是露出一絲苦笑了。

哪怕這個時候，賈似道用自己的特殊能力感知了一下，三塊翡翠原石的內部，翡翠的質地總的來說都還不錯，甚至其中的一塊還有著玻璃種的質地，只不過比較凌亂一些，不是很完整罷了。以賈似道對於原石內在結構的瞭解，想要完整地取出這部分翡翠，自然是不成問題的。

唯一要擔心的，恐怕就是其內部翡翠的顏色了。撓了撓腦袋，賈似道心裏嘀咕一句：還真是個讓人頭疼的問題呢。

翡翠原石有這樣怪異的表現，讓賈似道在接下來要進行的砍價上，帶來諸多不便。賈似道完全可以想像得到，正是因為房主的要價太高，而其他的翡翠商人又不敢下大本錢來賭一塊「靠皮綠」的翡翠原石，這才耽擱了這三塊原石的出手。

以至於到了這會兒，連年輕的房主，都刻意地把它們給放置到了地下室的中間位置。

不說每一個進地下室的翡翠商人都能察看一番吧，至少是個非常有利於推銷的位置。又看了看這擺滿翡翠原石的地面上，賈似道確認沒有放過什麼好的原石之後，才走向了郝董和王彪那邊。

「王大哥，看得怎麼樣？」看到王彪正皺著眉頭，在察看著一塊椒鹽黃的翡翠原石，賈似道不禁輕聲問了一句。

「還行吧。」王彪隨意地應和了一句，而在他邊上站著的郝董，似乎也看中了這塊椒鹽黃的翡翠原石，兩個人很有默契地在一起察看著，卻又都皺起了眉頭。賈似道好奇地看了看兩個人的模樣，心裏不禁微微一笑。

不知道是不是賈似道一種錯覺，似乎眼前的這塊翡翠原石，應該是挺不錯的。王彪和郝董兩個人之間，都在耐著性子裝模作樣，以求達到自己能夠收下來的目的。至於是不是想要誤導對方，又或者是做給房主看的，賈似道就不好猜了。

「小賈，快過來看看，老姐這塊翡翠原石，收得怎麼樣？」賈似道這邊正感歎著呢，李詩韻倒是對著賈似道喊了一句。

「不是吧？這麼快就完成交易了？」賈似道即便心裏知道，李詩韻應該會挑選上一塊兩塊的翡翠原石來試試，但是速度如此之快，竟然做成了今晚的第一筆生意，倒是頗有些出乎賈似道的預料了。連金總、楊總那兩個人，這會兒也都還在挑選著呢。

做賭石生意的，只有多看、多聽，少出手，才是行規啊。

「那是。」李詩韻沒好氣地惱了賈似道一句。隨即又指了指自己手下的翡翠原石，說道：「來，幫我看看，究竟怎麼樣。這可是花了你老姐我十二萬呢。」

「十二萬？」賈似道打量了一眼地上的翡翠原石，塊頭還比較大，至少有兩個足球並排放著這麼大吧，不禁開玩笑似的說了一句：「嗯，就這個頭，的確值這個價錢。」他故意微微一笑，頗有些雲淡風輕地看了李詩韻一眼。

惹來了劉芳和嫣然的詫異眼神。至於李詩韻，這會兒倒是頗有些賭氣地白了賈似道一眼，然後撇頭嘀咕了一句：「沒個正經的，看我等下切開來，要是切漲了的話，你還有什麼話可說……」

只是李詩韻嘀咕的聲音越來越輕，恐怕連她自己都沒有多少信心吧？

賈似道走到翡翠原石的邊上，也不管房主這會兒的心情是不是很雀躍，在賈似道看來，十二萬的價格，很顯然是李詩韻有點虧了。倒不是說這塊翡翠原石切出來之後，一定不值得十二萬。切出來之後，那是沒有誰可以準確猜測出來的。但是，在其還是翡翠原石的時候，其價格斷然沒有十二萬這麼高。

別看賈似道和王彪幾人，一般的時候，幾十萬，幾百萬一塊的翡翠原石，收購起來眉頭都不皺一下，就像洪總剛切開來的翡翠原石，還出價到了一千八百萬呢。但是，那也是針對翡翠原石的表現而言的。

王彪在來時的路上，就和賈似道透過底，接下來要去看貨的地方，好毛料自然不少，但是，別忘了這裏可是陽美村，而不是賭石市場。陽美村的人和賭石攤位的那位毛料老闆們，最大的不同就是，他們自己也會切石。

這樣一來，要是翡翠原石的表現實在是上佳的話，沒有人能禁受得住切石的誘惑！

為此，王彪還曾小聲和賈似道說過，要是在看翡翠原石時，只要是全賭的料，就一定要小心一些，哪怕是開過了窗的，也要多留個心眼，至於陽美村裏的翡翠明料，那倒是挺出名的。

不過，因為他們自己本身就是在做翡翠生意的，想要以一個便宜的價格拿下翡翠明料，其可能性還不如去賭一賭全賭的翡翠原石呢。更何況，王彪也知道，賈似道也是做翡翠原料生意的，如果從陽美這邊進翡翠明料，實在是划不來。要知道，賈似道曾經出手讓給他的那部分玻璃種豔綠翡翠的價格，就要比市場價稍微低上一些。

這在王彪看來，自然是賈似道通過賭全賭性質的翡翠毛料，切漲了之後，才會有如此極品翡翠的。乃至於後來，王彪在見到賈似道接連切出春帶彩、玻璃種藍翡翠，也沒有過多的產生懷疑。畢竟，人家連玻璃種豔綠的翡翠料都賭到過，足以說明，賈似道在賭石上還是很有實力的。

至於李詩韻，在收下翡翠原石之後，才要賈似道過來幫忙看看，存的是什麼樣的心思，賈似道就不知道了。

看著她那微微有些忐忑的臉色，賈似道很想上前去握住她的小手，以示安慰。但是，劉芳和紀嫣然就在邊上，賈似道也不好做得太過孟浪了。一邊遞出了一個讓其安心的眼神，一邊察看起翡翠原石來。

表皮的表現還不賴，至少不是那種廢料。想來，李詩韻在確定自己要出手之前，應該有詢問過嫣然的意思吧？這麼一來，賈似道心裏倒是對於這塊翡翠原石，多了一絲期望。

也沒有多做計較，賈似道直接展開特殊能力感知整塊翡翠原石，來了一次全方位的探測，正如表皮所看到的那樣，原石內部的翡翠，質地不好也不壞，相比起整塊原石的大小來，還顯得稍微小了些。賈似道琢磨著最後還是要看翡翠的顏色。

如果顏色純些，李詩韻應該能小賺一筆，要是無色，又或者顏色比較乾澀，甚至被沁入了雜質的話，恐怕就會虧上幾萬塊錢了。不過李詩韻是開珠寶商店的，對於翡翠成品的製作應該還有點門路。

如此一來，算上自己加工之後再出售的話，整塊翡翠原石倒也不會虧錢。

「姐，你是怎麼看上這塊翡翠原石的啊？」對於自己得出來的答案，賈似道自然是有些哭笑不得了。如果換成是他的話，為了安全起見，肯定不會賭這樣的一塊翡翠原石，除非收購價格被壓到五萬左右。

「感覺唄。」許是看到賈似道察看完原石之後，表情還不錯。李詩韻美目一亮，對賈似道很簡練地說了一句：「我覺得這塊翡翠原石，應該還不錯。所以我就收下了。」說話間，李詩韻的神態已經恢復了正常。下巴微微有些翹起，比較有信心的樣子。

「還是不錯的直覺呢。」賈似道嘀咕一句，「莫非女人在賭石的時候，都是靠感覺的？」說完，還看了一眼正一臉神情淡然的紀嫣然，似乎她壓根兒就沒有聽到賈似道的嘀咕，也沒有聽出賈似道話中意有所指。

倒是李詩韻看著賈似道，狠狠地瞪了他一眼。

不過，賈似道也不想一想，就在剛才，他自己準備出手收下三塊表皮表現比較怪異的翡翠原石的時候，似乎也是憑直覺的……

「那小賈你來說說，這塊翡翠原石，究竟怎麼樣？」劉芳追問了一句，「本來我也還準備靠感覺蒙一塊呢，被你這麼一說，我倒是有些不敢出手了。」

「劉大姐，你要是參與賭石的話，應該去問王大哥吧？」賈似道眼角示意了一下王彪。隨後，才笑著說：「要不然，我可不敢瞎指點，我自己都需要請教王大哥呢。」

「他？」劉芳裝著很不屑的樣子，「這可是我們女人自己的事情，才不要他幫忙呢。」

「咯咯咯……」一時間，不光是劉芳，就是李詩韻也發出了爽快的笑聲。連帶著紀嫣然的眼角也流露出笑意。

「對了，小賈，說實話，我還真的準備賭上一塊呢。」劉芳說著，還指了指鐵皮櫃裏的一小塊翡翠原石，說道：「你看，就是這塊。不過，要價實在是太高了。」說話間瞥了房主一眼。這會兒房主在和金總、楊總商討著什麼，根本就沒有注意到這邊。

「這可是塊紅翡啊。」賈似道抬眼一看，就明白了過來。估計劉芳是看上了這塊翡翠的顏色吧。

這可算是一塊明料了，雖然還有部分的原石外表皮沒有剖開，卻不妨礙它的真實價值。其紅色的光澤，比較成熟、深邃，倒是符合一些成熟女性的審美觀。

「你要是想在這裏收切開的翡翠，恐怕沒有什麼便宜可以撿了。」賈似道指了指房主，說道：「別看他年紀小，但是對於翡翠的認知，尤其是對於什麼樣的翡翠，在市場上的價格的把握程度，說起來，比我們這些做翡翠原料生意的人，還要精確許多。」

「那也不能開出那麼貴的價格吧，五十萬呢。」劉芳說著，不禁歎了口氣：「都快趕上外面的極品手鐲的價格了。」

「呵呵，不是還沒有雕刻成型嘛。」賈似道笑道，「你要是買了之後，拿回家去，還不是想要雕刻成什麼樣的，就雕刻成什麼樣的，總比外面那些別人雕刻好了的，自由多了吧？」

「那倒是。」劉芳和李詩韻聞言也點了點頭。

而賈似道心裏卻開始琢磨起來，自己這幾句無心的話，看似說得隨意也不可否認，這個思路還是很不錯的。想想那些大老闆們真需要用到翡翠成品的時候，勢必有與常人不同的小要求吧？

比如在翡翠成品上，雕刻一行祝福的字，或者是對於翡翠的造型有一定的要求，哪怕是用來自己收藏的，也會對於翡翠的質地、水頭有比較高的要求。就好比大部分人都喜歡帝王綠，是因為其保值價值很大，甚至就目前的翡翠市場而言，那些不斷價格攀升的極品翡翠，還不見得所有人都會喜歡。

那個叫楊泉的日本商人，不就是喜歡藍翡翠嗎？

賈似道心裏琢磨著，自己以後倒是可以在這方面做一些文章！

「劉大姐，其實你完全沒有必要自己出手去購置這樣一塊明料紅翡，王大哥那邊，應該會注意到其他全賭性質的紅翡毛料吧。隨便挑選一塊出來，就足夠滿足你製作自己喜歡的翡翠成品了。」賈似道說，「而且，這樣一來，所花費的錢就少了很多。說不定還能切出一塊品質比眼前這塊更好的呢。」

「真的？」劉芳聞言，神情一動。基於對王彪賭石的信心，她倒是不認為賈似道所說的話，沒有任何可行性。她看了一眼王彪的身影，還在察看那塊椒鹽黃的翡翠原石，這個時候，她自然不會去打攪。

但是這邊幾個人的談話，因為大家都是在地下室裏，也沒有什麼可避的，王彪自然聽得到了。

「小賈，不如，你來幫我們挑一塊紅翡的料吧。」李詩韻和王彪不熟，而且人家也正在忙著呢，但是賈似道現在閑著啊。

一語說出，三個女人同時點了點頭，然後就這麼直直地看著賈似道，一時間，賈似道有些頭皮發麻了。這不是自己挖了個坑讓自己跳嘛。

賈似道考慮著措詞，說道：「你們還真以為，極品的紅翡是那麼容易找到的啊。或許接下來的翡翠公盤上，還有點希望。」

「這話說得還算實在。」李詩韻看著賈似道那副為難的樣子，便幫賈似道解圍了一句：「我店裏的翡翠成品，較多的就是綠色的，此外是黃色的。黃綠相間的以及顏色較雜的最多，價格也便宜。紅色和紫色的翡翠，都是比較小巧的，像胸針、耳釘……」

「行了，行了。」劉芳打斷了李詩韻的話，「要求人家幫忙找紅翡料的是你，幫人家開脫的又是你。唉，我就不知道了，你心裏究竟是什麼意思呢……」邊說著邊搖頭歎息不已，著實讓李詩韻臉上發燒，表情有點嬌羞。

這邊正打說笑著呢，那邊的金總、楊總，似乎和房主達成了交易。楊總還特意走到幾個人的邊上，說了一句：「其實，紅色的翡翠，也不是很難找。只要花心思了，哪怕就是在這間地下室裏，也還是能夠找得到的。」

「你該不會是說這塊吧？」劉芳聞言，還特意指了指她先前看中的這小塊紅翡呢。

倒是賈似道心裏琢磨著，這個時候，楊總參與進來，恐怕不會是表面上看著這麼簡單吧？無意間，他和李詩韻對視了一眼，只見李詩韻用眼神瞟了瞟邊上的紀嫣然，再看楊總那意有所指的目光，賈似道心裏頓時有些明白過來。

原來楊總是聽了幾人的談話之後，特意過來追求嫣然的啊。

這倒是一齣比較有趣的場面呢。尤其賈似道還注意到，在楊總走過來之後，那邊的金總也跟了過來，其目光同樣是關注著紀嫣然。

倒是紀嫣然自己，似乎完全感受不到她已經成為了眾人的焦點，淡淡地站在李詩韻的邊上，就像一個看客。

「呵呵，我說的自然不是這塊了。」楊總看了一眼賈似道，見到對方表示之後才接著說道：「剛才你們可是討論著找一塊紅翡的翡翠原石吧？這不，巧得很，我就剛收下一塊。」

這話說得幾個人不禁都微微一愣，隨即一致轉頭看了看楊總剛收下的那塊翡翠原石。個頭比較小，尤其是其表面的石質有點糙的感覺。賈似道琢磨著，這樣的翡翠原石即便切出紅翡來，其質地應該也不會太過出色吧？

這楊總怎麼就用這樣的一塊翡翠原石，來吸引嫣然的注意力呢？

倒是金總在這會兒，站在邊上附和了一句，說道：「不光是楊總，就是我也找到了一塊看著還不錯的翡翠原石。是不是紅翡我還不知道，但是，從其表皮上看去，出現了隱隱的紅霧，卻是可以肯定的。」

賈似道心裏一顫。出現紅霧，自然不會是綠色的翡翠了，但要說就是紅翡，卻也不一定，還可能出現諸如紫色翡翠之類的，只是在紅霧之下，出現紅色翡翠的機率還是很高的。這麼一來，在這個小小的地下室裏，竟然就有三塊翡翠原石，可能切出紅色翡翠來。

難道這只是巧合？

賈似道不禁下意識地摸自己的鼻子。這邊的幾人一邊期待著王彪、郝董和董經理的看貨可以早點結束，一邊隨意地閒聊著。不過，在這樣的一個環境裏，尤其是有了剛才那麼一齣之後，大家嘴裏所說的，自然也都是關於紅色翡翠的一些趣聞逸事了。

賈似道看著金總、楊總兩個人，總是有意無意地把注意力著眼在紀嫣然的身上，劉芳並不是玩賭石一行的，聽著倒覺得有趣，時而會笑出聲來。賈似道卻總覺得現在這般情形，讓他心裏感覺很彆扭，就拉了拉房主，去商量著他要收下的那幾塊翡翠原石了。

房主擺開了架式，先探探賈似道的心意，究竟是看中了哪塊翡翠原石。結果賈似道很不客氣的，直接指了指三塊灰不溜丟的原石以及有裂的那塊，和外表皮表現最好的白沙皮原石，問道：「就這五塊吧，我全要了的話，要多少錢？」

「這個……」賈似道的直接，顯然出乎了房主的意料，心裏琢磨了一下，答道：「今晚都已經做成了好幾筆生意了，我看就每塊翡翠原石二十萬好了。」

「每塊二十萬？」賈似道仔細地打量了一下房主的表情，問道：「那我就要這塊白沙皮的吧。」

「呃……」房主聞言，頓時臉色頗為難看。真要說起來，五塊翡翠原石裏面，也就這塊的表現最出色：「如果你是要單塊的話，在價格上，自然還會有些浮動的。」

賈似道也不介意，問道：「那這塊白沙皮原石，究竟需要多少錢啊？」

「四十萬。」房主很快就把價格翻了一番。

「呃……」這回輪到賈似道愕然了，隨後，皺了皺眉頭，沒好氣地看了房主一眼，淡淡地一笑，似乎是有點想要放棄了，然後，他很快指了指有裂的翡翠原石，問道：「那這塊呢？」

「這塊的話，如果你真想要，那就三十萬。」房主略微一琢磨，還是開出了價格。

「不是吧，這塊翡翠原石，可是有裂的。」賈似道苦笑著說，「就不能便宜一些？你也知道，賭裂的話，風險實在是太大了。」

「這塊原石雖然有裂，但是出現裂痕的位置很小，而且，還是賭裂中風險最小的橫向的裂，只是虛浮在原石的表層，對於整塊翡翠原石的價格影響並不是很大。」房主笑著解釋道，「要不然的話，我恐怕就直接開價四十萬了。要知道，就其他部分的表皮表現來看，這塊原石絲毫不比白沙皮原石來得差。」

說完之後，房主還露出了一個勝券在握的表情。

賈似道的臉上，不禁頗為鬱悶，下意識地咬了咬牙，還回敬了一個算你狠的神情。

「呵呵，其實你以三十萬的價格收下來，也不會吃虧。」房主也不在意，反而乘勝追擊說：「我看你也算是個行家了，自然可以看得出，我剛才所說的，可都是正確的。要不然，你不看好這塊原石的話，哪怕我出再低的價錢，你也不會要，是不是？」

「那可不一定。你要是白送給我的話，說不定我就收下了。」

賈似道玩笑似的說了一句，然後長長歎了一口氣，接著話鋒一轉，問道：「這兩塊一共七十萬是吧？」

房主很欣然地點了點頭。

「那我要這三塊吧。」賈似道指了指三塊灰不溜丟的原石，說道：「一百萬減去七十萬，一共是三十萬，成交了。」

最終，在賈似道事先刻意設計好的一番砍價之下，以三十萬的價格就收到了三塊灰不溜丟的原石，對此，房主也沒有什麼好說的，誰能想到賈似道的最終目的，不是表現最好的白沙皮原石呢？

就在房主心裏略微有些失望的時候，賈似道還提了一下那塊有裂的翡翠原石，只是這一回提出來的價格，卻僅僅是十萬元而已。對於賈似道來說，他自然不會認為如此價格，就能拿到這塊原石。但是，就房主找他來看地下室中間堆置的這些原石的舉動來看，想必他還是很希望出手這塊有裂原石的吧？

畢竟，有裂的原石，價值一直都不會太高。除非其他地方表現非常搶眼，除去有裂的這一部分，還能有很高的價值。不然，誰也不敢花大價錢去賭裂。所以，兩個人一番交涉之後，賈似道把價格從十萬漲到了十六萬，完成了交易。

結束之後，房主只能淡淡地苦笑了一下，眼神還頗有些無奈，似乎和賈似道之間的交易，遠要比金總、楊總那邊還吃力一樣。

賈似道微笑著敷衍了一句：「我早就說過，我沒他們有錢的。」

房主聞言，頓時愕然。

隨後，董經理在察看了許久之後，也不見有出手的動作。實在是把「多看、多聽，少出手」發揮到了極致。倒是王彪和郝董，兩個人一起向房主提出了要收購那塊椒鹽黃原石的打算。不過，兩個人也沒有爭搶的意思。既然都在陽美了，兩個人倒也入鄉隨俗玩了一把「資金合作」。

用王彪的話說，那就是，晚上的出手，只是想要過過切石的癮而已。

要不然，先前被洪總調動起來的賭石熱情，實在是沒辦法消除，尤其是洪總的那塊翡翠原石出來的結果還不算太差，更是激起了眾人內心裏對於切石的渴望。也不知道這一個晚上結束之後，陽美村又要切開幾塊原石呢。

第五章

翡翠的顏色與價格

大家說出來的原石切面上的表現，
雖然各不相同，但是總的情形倒是頗為一致。
那就是金總的這塊翡翠原石能切出翡翠來。
只要用強光手電筒照一下，就可以看得出來。
質地上，應該是豆種級別以下的檔次。
只是在顏色上的分歧，卻是有些大。

待到所有人都完成交易之後，因為要切石，房主也很客氣，直接把幾個人帶到了他家的另外一個房間，裏面擺滿了切石的工具，連大型車床都有，邊上更是散落地堆放著一些切開來或者開了窗的翡翠原石。賈似道無意間瞥了一眼，臉上頓時露出了一絲驚訝的神情。

原來這裏的原石才是表現最佳的啊。

王彪看著其中一塊已經切出水綠色冰種的原石，也沒好氣地白了年輕的房主一眼，嘴裏說了一句：「我就知道你跟你老爹一樣，不厚道。」

房主也只是訕訕一笑，說道：「幾位要是想收翡翠明料的話，只要價格合適，我還是能做得了主的。」

「那還是算了吧。」王彪大大咧咧地說了一句。

王彪說：「即便要收翡翠明料也不會現在來找你。至少要等到翡翠公盤過後了。」說起來怕是現在就算看到一些好的明料，如果價格太高，也不會盲目出手，誰都會想著把資金留到翡翠公盤去試試手氣。

「你們誰先來？」房主自然也明白，估計就是他自己，也會在翡翠公盤上一展身手呢。

「你們都看著我做什麼？」在房主問完話之後，李詩韻見到大家都看著她，臉上的表情有些忸怩，忽然指了指自己，說道：「該不會是讓我先來吧？」

「你說呢？」賈似道淡淡地說了一句，「女士優先嘛。」在場的三個女人中，也就是李詩韻收下了一塊翡翠原石，大家自然不好意思和她爭。

「我看，我還是算了吧。」李詩韻有心推諉。

「到了這會兒，我心裏反而開始有些虛……」李詩韻說著，還有些擔心地看了賈似道一眼。賈似道的臉上頓時露出了一個無奈的神情，接口說了一句：「那就不如讓我來拋磚引玉吧……」

與此同時，幾乎是和賈似道異口同聲的，金總也說了一句：「呵呵，那就我先來吧。」

說完，兩個人對視了一眼，「呵呵」一笑，一時間，氣氛倒是融洽了不少。賈似道對金總做了個先請的手勢，金總也不客氣，就把他原先在客廳那會兒賭過來的翡翠原石，搬到了切割機的邊上。雖然原石的價值不高，金總切石的準備工作，可是非常小心謹慎，先用強光手電筒察看，再根據原石表皮找到合適的位置之後，才開始打磨拭擦。

眾人的心情，不禁也跟著緊張了起來。

「呵呵，讓你們見笑了。」看到大家的態度，金總微微搖了下頭，還特意看了紀嫣然一眼，便準備直接動刀，先切進去看看情況再說。

「等一下。」正在這個時候，郝董卻忽然想到了什麼一樣，站出來說道：「金總，你先等一等。你看，一個人在切石，我們這些人這麼看著，也不是個事兒。趁著今晚上大家的情緒都還不錯，不如我們圍觀的幾人，也來賭一賭如何？」

「好啊，怎麼個賭法呢？」楊總欣然同意。

因為金總就要準備切石了，這會兒紀嫣然的注意力，幾乎完全集中到了金總那邊。雖然，在楊總看來，紀嫣然的精力自然是放在翡翠原石上了，但是，就這麼直直地看著金總，總讓他心裏感覺到一絲不舒坦。這會兒郝董的提議，正好把大家的注意力吸引過去，他想也沒想，就點頭附和起來。

「呵呵，不知道大家去過澳門沒有，據說那邊，新興起一種賭法，是關於賭石的。」郝董淡淡地說道，他是香港人，離澳門近，很方便，所以，解說起來，眾人也是洗耳恭聽。「不妨，我們今晚就學一學。這麼說吧，就是金總這一刀切下去，會出現什麼樣的切面，我們大家先來猜一猜，誰猜得最準確，自然誰就獲勝了。」

「好！」王彪點了點頭。

既然有人帶頭同意了，大家也紛紛點頭，連房主也是一副躍躍欲試的樣子，和眾人一說，大家也同意他一起參加，哪怕就是李詩韻、劉芳兩個人，也沒有置身事外。緊接著，金總很大方地站了起來，讓到了一邊。其餘人自然是依次上前察看了。

輪到賈似道的時候，先是看了看金總事先劃好準備切割的線。大家要猜測的，就是金總沿這條線，一刀切割下去之後，出現的翡翠原石切面，究竟會是個什麼模樣。比如，有沒有綠色翡翠，又或者是什麼樣的質地，甚至有沒有翡翠等等。

因為是初次玩，大家也都算是熟人了，倒是不虞有什麼正規形式，無非是口頭上的承諾而已。當然，賭注也不大，一人每次一千塊錢，意思一下，圖的就是個氣氛。誰猜得最準確，自然所有的賭注就歸他一個人了。計算了一下，要是眾人的賭注合起來的話，猜中一次，倒也能有差不多一萬元進賬。

而在說到賭注的時候，王彪還特意看了賈似道一眼。誰讓賈似道在「大賭石」的時候贏了他呢？想必，王彪心裏很想贏回來吧。

而且，看王彪的樣子，大有在這裏再賭一次，把自己和賈似道的賭注，繼續按照「大賭石」那會兒一樣，加注一下。說實在的，大凡是會賭的人，在賭輸之後，總會有一些不太甘心。

賈似道察看翡翠原石之前，王彪就湊在賈似道的耳邊，嘀咕了一句：「小賈，有沒有興趣，咱哥倆再賭上一回啊？」

賈似道頗有些好笑地看了他一眼，答道：「難道，我們兩個私下加注？」

「這個，就看你的意思了。」

王彪倒是很豪氣，「如果你不願意把賭注放在金總的原石上，那麼，再賭一回咱倆的翡翠原石，看誰能切出更好的翡翠來，我也沒意見。不過，這麼一來的話，你可能是有些吃虧啊……」

說完，王彪還特意瞄了一眼賈似道收過來的四塊翡翠原石。不管是從表皮的表現來看，還是從收購的價格而言，賈似道這邊的，可都比不上王彪和郝董一起收下的那塊椒鹽黃翡翠原石。

「呵呵，王大哥你倒是很有信心啊。」

賈似道心裏琢磨著，是不是真的要再賭一次，嘴裏卻說道：「不過，我很懷疑，要是王大哥繼續賭輸了的話，難道準備再給我介紹五位客戶？一共十位的話，我很擔心，到時候我會搶光王大哥你的生意啊。」

「呃，這個……」王彪很沒好氣地白了賈似道一眼，「你是不是也對自己太有信心了？」

「我倒不是對自己很有信心，而是覺得這麼個賭法，實在是有些不妥。」

賈似道說道：「王大哥你也知道，我做的是翡翠原料的生意，如果真有心向翡翠成品銷售進軍的話，一來沒有那個精力，我無非是想找個能夠賺取更多利潤的銷售管道而已，沒有必要真的步入這一行；二來，如果說我在翡翠原石上的眼力還不弱的話，那麼，到了翡翠成品的製作銷售上，可就捉襟見肘了，所以……」

「所以，你這回就不準備賭了，是不是？」

王彪聞言，也不失望。即便是他，真的要再介紹五位高端客戶給賈似道的話，倒不是怕賈似道完全地能把他的客戶給拉過去，畢竟，翡翠成品的銷售，並不是認識了，人家就會要你的東西的。但是，這些客戶本來一年興許就要那麼三兩件的翡翠成品，不管賈似道的插手會不會拉走一部分的生意，只要是少了一樁，對於王彪而言，就是很大的損失。

高檔翡翠，尤其是極品翡翠的利潤，可不是如同中低檔翡翠成品那麼簡單，可以按照數量的多少來計算。很多時候，一件極品的翡翠成品，獲取的利潤，完全頂得上王彪整個翡翠商行一兩個月、甚至半年的利潤總和。

這其中的差別，王彪自己作為翡翠商人自然是再清楚不過了。在「大賭石」輸了之後，王彪的心裏就一直在考慮，該介紹什麼樣的客戶給賈似道比較合適呢。尤其是賈似道走的還是翡翠原料的生意，高檔的翡翠明料也應該不少。

除去那些對於翡翠的質地比較挑剔的客戶之外，一些頗有個性的客戶，恐怕也是比較適合賈似道的心理期望的吧？

這回見到賈似道並沒有追加賭注的意思，王彪又有些失望。說到底，他還惦記著賈似道手裏的那價格低廉品質高昂的翡翠明料呢。尤其是在見識了陽美的翡翠明料的價格之後，王彪內心裏的這種感觸就更深刻了。

邊上的郝董，看著王彪臉上的神情是喜一陣、憂一陣地變幻著，也不知道在琢磨著什麼，他不由詫異地看了一眼剛和王彪嘀咕著些什麼的賈似道，微微一笑，繼續作著壁上觀。

賈似道渾然不覺王彪和郝董這樣的大商人盯上了他。在看了看金總的翡翠原石之後，他本來想用自己的特殊能力感知一下的，但是一想到大家提議賭注，也只是想要熱鬧熱鬧的意思，誰也沒把這一千塊錢的賭注放在心上。

賈似道難得純粹依靠自己的眼力，做出了一個判斷。

這樣一來，由劉芳開始，轉了一圈之後，大家說出來的原石切面上的表現，雖然各不相同，但是總的情形倒是頗為一致。那就是金總的這塊翡翠原石能切出翡翠來，大家都可以肯定。畢竟，只要用強光手電筒照一下，就可以看得出來。質地上，應該是豆種級別以下的檔次。只是在顏色上的分歧，卻是有些大。

比如，賈似道覺得可能是墨綠色的翡翠。而郝董、王彪、董經理三人卻認為是深綠色的翡翠。李詩韻則認為綠色應該比較淺。楊總猶豫了一下，跟著紀嫣然的意思，覺得是水綠色的可能性較大。

可別看僅僅是一個字的差別，在翡翠的價格上，差距卻是很大的。

金總自己作為原石的擁有人，自然不好出言參賭了，待到眾人都說了自己的判斷之後，直接就一刀切來開。

也許是因為有了賭注的原因，大家的情緒明顯要高上許多，切割機一停下來，眾人就紛紛上前察看了起來，金總也笑笑，很自然地就退了出來，並沒有因為原石是他的，就非要第一個來察看，而是由年輕的房主，第一個把翡翠原石的切片給翻了過來，呈現在大家眼前。

一時間，賈似道臉上的表情顯得比較怪異。因為，翡翠原石切片上的翡翠質地，倒是和大家猜測的差不多，有點接近於豆種。至於顏色，賈似道詫異地看向紀嫣然和楊總兩個人，在場的這麼多人裏，倒是就他們兩個猜中了。

王彪「呵呵」一笑，表示了祝賀。其他人這才紛紛恭喜他們。尤其是李詩韻，更是站到了紀嫣然的身邊，對著她小聲地說著什麼話。唯有楊總在看到原石切面的時候，臉上那份狂喜的表情，流露無疑。

倒不是說他在意贏了賭注，恐怕，更多的是因為和紀嫣然一起猜對了吧？

紀嫣然看著楊總那頗有些得意的神情，微微蹙了一下眉頭。楊總不禁立即就收斂了臉上的得意之色，很大方地推說道：「這個主要還是嫣然的功勞，是她先說出了正確答案，我不過是沾了點光而已。」說著，還自嘲地笑了笑：「至於這賭注，自然是全部交給嫣然了。」

「大家參賭也是想要提高一下氣氛而已。這賭注，我看就算了吧。」紀嫣然這會兒，看了楊總一眼，提議道：「反正提出賭注，原本也就是活躍一下大家現場切石的積極性。我能猜中，純屬運氣。」

「呵呵，這麼說可就見外了啊。」

郝董笑瞇瞇地說，「賭注你們兩個還是要收下的，不如一人一半好了。大家既然是一道過來的，也沒這麼多計較。不過，贏了的，也只是贏了一回而已，賭輸了的，也不用太沮喪。這接下來，可還是有好幾塊翡翠原石要切開來呢。你們誰先來？」說著看了一眼正兀自有些尷尬的楊總。

楊總立即站出來，說道：「既然金總都已經切開來一塊了，不如，接下來就讓我來吧。各位，我就獻醜了。」

「對啊，對啊，我還等著楊總的紅翡翠呢。」劉芳看到楊總要切石，自然是說出了心裏的期盼。雖然，剛才楊總說自己賭了一塊紅翡翠，大家還不是很相信。但是第一輪的賭試中，就楊總和嫣然兩個人猜對了，劉芳不禁也高看了楊總一眼。

「哪裏，哪裏。」楊總笑著敷衍了一句，「是不是紅翡翠，還是需要大家看看石頭之後能確定下來的。」都到這個時候了，楊總倒是客氣了起來，說著，還做了一個請的手勢。眾人便也不再客氣，開始察看起原石來。

尤其是金總，因為第一輪楊總的表現，不管嫣然表面上是什麼神情，內心裏，恐怕多少都有點高看楊總一眼了。要是金總在第二輪的賭試中不能勝出的話，勢必會在嫣然的心裏，留下一個他在賭石上不如楊總的印象。這可不是金總希望看到的。

於是，在察看翠原石的時候，金總也格外仔細和小心。倒是賈似道幾個人，只是隨意看過，就站到了一邊。而在場的三個女人，或許是真的對這塊翡翠原石能否切出紅翡翠存有希望，看的時候遠比其他人認真了許多。

「怎麼樣？看出點什麼名堂了嗎？」待到李詩韻回到賈似道的身邊，臉上還兀自帶有一些思索的神色，賈似道不禁頗有些好笑地問了一句。

「我怎麼知道。」李詩韻沒好氣地白了賈似道一眼，「不然，你先跟老姐我透透底？」

「我看，你還是去找嫣然商量商量，人家第一回可是看對了的。」賈似道朝著紀嫣然那邊努了努嘴。

「咯咯咯……」李詩韻風情無限地看了賈似道一眼，意有所指地說：「小賈，跟老姐我說，你是不是也看上人家了？」

「哪裏啊。」賈似道臉色一紅，不知道李詩韻怎麼就扯到這上面去了：「我只是照實說而已。」

「真的嗎？」李詩韻問的時候，雖然眼神中還透著一絲狡黠，但是，賈似道卻感覺到，她的表情和她的內心裏比起來，總有點言不由衷的感覺。再回憶了一下李詩韻對紀嫣然的態度，賈似道實在是猜不出個所以然來。這樣的思索，還不如面對著翡翠原石的時候，能夠讓賈似道更加放得開呢。

好在李詩韻並沒有就此話題繼續說下去，倆人就這麼站在邊上稍等了一下，待到大家都說了自己的意見。郝董、王彪只是猜測切面部分有翡翠，至於是不是紅色的，卻還很難肯定。董經理更是不客氣地加了一句，即便有翡翠出現，在顏色上，應該也不會有太大的價值。

「董經理，您這話，可就有點不厚道了。」作為翡翠原石的擁有人楊總還沒開口，王彪覺得在人家切石之前，說些喪氣的話，實在是有些不太應該，當起和事佬，推了董經理一把：「您要是不說出個所以然來，我們可不會輕易饒過你。」

董經理聞言，「呵呵」一笑，說道：「紅色的翡翠，如果顏色不夠正的話，價值並不大，只是在製作成翡翠成品用來裝飾的時候，還有些點綴的功用而已。不知道大家注意到沒有，這塊翡翠原石，即便出現紅色的跡象，但是範圍卻比較廣，倒是有些像是「靠皮紅」。如此一來，再根據楊總準備切割的位置，我才會有了從切面來看，價值不高的判斷。」

這番話說來，有理有據。楊總再仔細地看了看翡翠原石，一時間，倒也有些躊躇起來。

「小賈，你怎麼看？」王彪轉頭詢問了一句。

原本按照王彪的意思，自然是希望賈似道先說上一句好話了，誰知道，輪到

賈似道的時候，賈似道卻不輕不重地說了一句：「按照我的看法，切面上不會出現翡翠。」

頓時，不光是站在賈似道身邊的王彪和李詩韻，就是其他幾人，看著賈似道的眼神，都頗有些怪異。

「怎麼說？」能站在這裏賭石的，自然都不是尋常之輩，有時候，獨到的觀點，倒是可以左右其他人的一些想法。對於賈似道的話，最為關心的恐怕就是楊總了，這會兒，他打破大家的沉默與好奇，詢問了起來。只是那語氣，在賈似道聽來，頗有些惱怒和不甘的意思。

賈似道也沒在意，猶豫了一下，並沒有什麼合理的解釋，說道：「具體我也說不上來。只是我個人的感覺而已。大家等到原石切開來，不就知道答案了？」

說完了，即便賈似道自己，也有些苦笑。難道要說，他是依靠特殊能力的感知，才得出的結論？倒不是賈似道對於這塊翡翠原石上心，實在是因為，原石表皮的表現和他收下的那三塊灰不溜丟的翡翠原石有些類似。賈似道才事先想要感知一下原石內部的翡翠情況，只是那全部都是石質的感覺，讓賈似道訝然。

「這麼說來，小賈你對自己的感覺，還是挺自信的啊。」楊總不禁有些諷刺意味地說了一句，「如果說原石內部的翡翠顏色不太好，那我也就認了。可是，沒有翡翠，實在是叫人難以置信啊。」說著，楊總還攤了攤手，示意了一下，想要詢問眾人的意思。

如此一來，賈似道倒是感覺自己站在這裏有點尷尬了，不禁心裏一狠，臉上若無其事地說了一句：「很多時候，事實總是讓人難以置信的。」

也許是覺察到了賈似道和楊總之間的針鋒相對，對於賭石一行來說，這樣的爭執實在是不在少數，王彪幾個人見了，也沒有什麼奇怪，無非是大家的眼光不同而已。有時候，更過分的，還能因為對於一塊翡翠原石的意見不統一而打起來呢。

現在賈似道和楊總之間，暫時還僅僅是在話語上有些攻擊的意思。

但是，李詩韻卻不這麼認為。一來，她對於賭石一行，並不是很瞭解，那種爭論得面紅耳赤的景象，對於李詩韻來說，恐怕只有菜市場等地方才會有吧？二來，作為一個翡翠商鋪的老闆，她在為人處事上，雖然對著賈似道的時候，還頗有些矯情，時而會擺擺姐姐的架子，時而又會體現一下女人的嬌柔，但是在對著其他人的時候，倒是大多處理得頗為大氣和得當。

這會兒，李詩韻不禁拉了賈似道一下，小聲說：「小賈，老姐我怎麼覺得，那塊翡翠原石看上去，應該會出現紅色的翡翠啊？」話裏的意思，自然是拐著彎

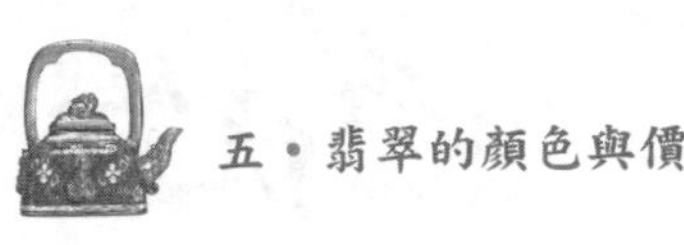

兒地提醒賈似道，不用在這個時候，太過爭執。

到時候，一刀切去，大家不就全明白了？

賈似道轉頭看了看李詩韻，迎著她那微微有些安慰的目光，倒也善意地點了點頭。對於楊總那種咄咄逼人的氣勢，他並沒有放在心上。

賭石，要是沒那種一往直前、不碰得頭破血流誓不回頭的氣勢，那乾脆別玩這一行好了。

楊總和賈似道顯然都是這樣的人。哪怕是表面上看著，兩個人似乎已經是盡棄前嫌了，但是，心裏肯定會覺得自己的判斷是對的。除非這個時候已經把翡翠原石給切開來了，在事實面前，只要判斷是對的，不光不會讓別人惱怒，反而別人還會頗為敬重。

任何一個行業裏只要是懂行的，都會讓人敬佩上幾分。

「呵呵，兩位其實倒也沒有必要這麼爭執，我覺得這塊原石切出翡翠來，還是頗為肯定的，只是要論起顏色來，可能是紅綠相交。」金總說話間看了看紀嫣然的態度。

一時間，大家的注意力很自覺地從賈似道和楊總兩個人的身上挪了開來。

反而是紀嫣然在賈似道說完話之後，頗有些詫異地看了賈似道一眼，雖然她自己也是說可以切出紅翡來。但是，那話語聽著，怎麼聽怎麼像是有些言不由衷，至於金總這會兒的判斷，更是沒有引起紀嫣然的絲毫關注。

「小賈，這麼喊你，不介意吧？」楊總在切石之前，還對著賈似道問了一句。

「當然不介意了，大家都是這麼喊我的。」賈似道淡淡一笑。在賭石的人群中，身價達到一定程度又懂行的，賈似道算是比較年輕的，就像現在的房主，又或者是劉宇飛，能數得出來的，也就這麼幾個了。

「如果你還是堅持自己的意見，不如，我們倆加注，如何？」楊總在仔細地看了看翡翠原石之後，尤其是他先前所劃下的那條切割線，反而找賈似道聊了起來：「說起來，我們倆還是老鄉呢。」

賈似道有些無語，這個時候，扯起老鄉來能說明什麼？賈似道壓根兒就不可能因為對於翡翠原石判斷上的爭執，而和別人打起來。看到楊總那微微有些狡黠的眼神，不禁應了一句：「行啊，楊總準備賭點什麼呢？」

「賭錢的話，也實在是俗氣了一些，不如，我們就來賭點其他的，比如……」說到這裏，楊總還意有所指地看了看其他人，似乎並沒有誰在刻意聽著兩個人的談話之後，楊總才小聲說了一句：「聽說，小賈你的手裏，切出過億年玉蟲？」

賈似道不禁心頭一跳。

第一個念頭就是誰向楊總透露了資訊。說起來，這億年玉蟲，也就是瑪瑙樹，除去劉宇飛和阿三之外，並沒有其他人知道。想到這裏，賈似道很快就否定了劉宇飛，再想到剛才楊總無意間提了一句老鄉，倒是阿三洩露出風聲的可能性比較大。

先不說阿三是否是刻意的，如果應酬多了，有時候下意識地提了一句，就可能會被有心人給注意到了。尤其是在市區裏，誰的手下沒個眼線呢？對於別人手裏的好東西，大家幾乎都是心知肚明的。

想到這裏，賈似道臉上不禁泛起一絲笑容，說道：「呵呵，楊總的消息，還真是靈通得很啊。」

「哪裏，哪裏，只是混口飯吃而已。」楊總客氣了一句，隨後，才小聲地問道：「對於這個提議，小賈，你覺得怎麼樣？當然，我們的賭注並不是億年玉蟲。我的意思是，如果我僥倖獲勝的話，我希望，小賈可以以市場價，把它轉讓給我。」

「楊總難道真就這麼有信心，可以切出翡翠來？」賈似道側頭看了一眼那塊翡翠原石，心裏歎了口氣，眼前這個楊總，既然都已經把話說到這個地步了，似乎是給人有些滴水不漏的感覺。如果真的要直接賭瑪瑙樹的話，那代價也實在是有些大。即便是翡翠商人，以楊總這樣的家底，也不太可能遇到誰，就敢下千萬的賭注。

反而是這樣的帶點優先性的一次交易的承諾，遠要比直接拿千百萬來當賭注合適得多。

「好吧，那要是我贏了呢？」賈似道問了一句。

「小賈你能想到的，只要你說出來，我要是能辦到的話，一定盡力而為。」楊總信誓旦旦地說了一句，話語裏頗為客氣。不過，對於賈似道而言，這樣的話，壓根兒就和白條一樣，天知道自己能獲取什麼樣的利益呢。

「這樣吧，楊總，想必你的天啟珠寶公司裏，也有不少好東西吧？」賈似道有意無意地提了一句，「如果我能贏下來的話，不妨也讓我優先挑選一件？」

「行！」楊總很爽快地就應了下來。

既然雙方的所求基本類似，這個打賭，自然就順理成章了。

暫且不提在兩個人達成協定之後，楊總會帶著怎麼樣的心情去切石，賈似道倒像個沒事人一般，在房間裏兀自察看起已經切開來的那些翡翠原石了。

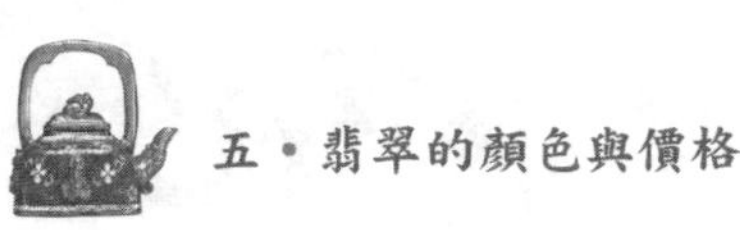

與其站著乾等，還不如先看看，別人切石擦石的時候，都是從什麼地方下刀的呢。如果技術到位的話，一塊內部表現並不怎麼樣的翡翠原石，完全可以開出一個光彩照人的切面來。這對於身懷特殊能力的賈似道而言，並不是很難。只要把最有可能出現翡翠的地方切出來給大家看就行了。

賈似道所需要掌握的，就是下刀的工夫以及擦石的工夫。不過，在一連察看了好幾塊翡翠原石之後，賈似道一邊用自己的特殊能力感知了一下，一邊對應著它們已經開出來的窗口或者切面的表現，心裏琢磨著，有好幾塊翡翠原石，已經被房主做到極致了。

要是從其他方位下刀，勢必會把整塊翡翠原石給切垮了。

這麼一來，賈似道不禁有些佩服這位年輕的房主。這種能力，可不是隨便誰就能有的。再看看對方的年紀，比自己還要年輕幾歲，心裏總感覺有些失落。

「是不是看上了這幾塊翡翠原石？」房主也注意到了賈似道的舉動，湊過來，問道：「要是想收下的話，我倒是可以給你市場價。不過，這可是翡翠明料的市場價哦。」

「那還是算了吧。」賈似道苦笑不已，翡翠明料的市場價？那自己收上來還有什麼賺頭？「不過，這刀工，還真是不錯啊。」

「那是，」房主很得意地說，「這些可都是我老爸切出來的。他的手藝，在我們陽美村是數一數二的。」

「哦。」賈似道聽著，心頭卻是莫名一喜。先前那種以為是年輕的房主下刀的那番鬱悶，也轉瞬間就煙消雲散了。整個人的精神狀態，也一下明朗了許多。再看年輕的房主的時候，臉上也充滿了笑意，問道：「那不知你的手藝怎麼樣呢？」

「我？也就一般般，還算湊合吧。」房主謙虛地答了一句。

正當賈似道準備詢問一下，鍛煉切石的手藝有什麼講究的時候，卻忽然聽到手機鈴聲響起。

王彪訕訕一笑，對著還在切石的楊總伸手示意了一下道歉，才走到房門口接起了電話。待到回來之後，就直愣愣地看著賈似道，一副欲言又止的樣子，神情頗為奇怪！

「這麼看著我做什麼？」賈似道摸了摸自己的鼻子，心想難道是關於我的事情？可是，電話都打到他那裏了，不應該啊。

「呵呵，要是平時的話，這事情還真和你沒什麼關係，但是……」王彪感慨了一番，說道：「現在嘛，可就是你的事情了。可不能說老哥我不幫你啊。下午，剛輸了賭注給你呢，老哥我就要先實施一部分了。」

「哦？」賈似道聞言，眼前一亮，問道：「莫非剛才是你的客戶的電話，他也來揭陽了？」

隨即，賈似道就知道自己高興得太早了，臉上不覺一黯。哪怕真的是如此，對方既然都能來揭陽了，勢必對於翡翠一行，還算比較瞭解的。這樣的客戶，要想尋求自己喜歡的翡翠飾品的話，恐怕門道會有很多吧？

如此一來，王彪再介紹給賈似道，還有什麼意義呢？

第六章

後生可畏的壓力

接二連三地從賈似道手上出現極品翡翠，
已經讓王彪這樣的大商人都感覺到了一股壓力，
王彪能給賈似道介紹玻璃種帝王綠觀音掛件翡翠的生意，
潛意識裏，恐怕也存了一分想要試探的意思。
誰讓賈似道連玻璃種豔綠翡翠這樣的料，
都可以廉價出手給他呢？

賈似道所希望的，是那種可以讓他獲取利潤的大客戶，想來，王彪自己也是非常明白這一點的。這個時候，突然擺出一副欲言又止的態度，難免讓賈似道心裏有些懷疑王彪的用意了。

「人倒是沒來。只是他知道我來了揭陽。」王彪對於賈似道的神色變化，也不說穿，反而把話題扯了開來，說道：「而且，小賈，我可和你說啊，人家的確是一位大主顧。每年在我這裏進的翡翠成品，就不下這個數……」說著，向賈似道比劃了一個「一」的數字。

「一百萬？」賈似道疑惑地問了一句。

王彪很沒好氣地搖了搖頭，還瞪了賈似道一眼。那意思似乎是說，如果僅僅只有一百萬的話，還能成為他口中的大客戶嗎？

「難道是千萬？」說出這話尤其是看到王彪點了點頭之後，賈似道的確是有些動心了。每年都能出手千萬，這樣的客戶，的確是賈似道所期望的。但是，賈似道想了想，又問道：「王大哥，這事恐怕沒這麼簡單吧？」

「你們兩位在聊什麼呢？」邊上的李詩韻這個時候，由得插嘴問了一句，至於其他人，更多的是在注意著楊總切石。

「沒什麼，說點私事。」王彪應付了一句，讓李詩韻去注意一下那邊的切石，自己則轉而拉了拉賈似道，兩個人走到了房門口那邊，他才小聲說道：「小賈，可別說老哥我不照顧你啊，這位客戶，在老哥那邊，也算是這個了……」說話間，王彪豎了豎自己的大拇指：「而且，人家壓根兒就不怕花錢，是個私企的老闆。」

「私企的老闆？」賈似道聞言認同地點了點頭。極品的翡翠飾品，哪怕就是存著，也是能夠保值的，這對於那些精明的商人來說，也無疑有著更深一層的意義。

「沒錯。」王彪點了點頭說，「你是浙江人，應該知道，那些人只要高興的話，花起錢來很大方吧？浙江那邊的私企老闆可是不少呢。我說小賈，有機會的話，你倒是可以去找找他們。」

「恐怕是我認識他們，他們不認識我吧？」賈似道無語。要是客戶這麼好找的話，他也不用如此發愁了。不過，在古玩一行的一些老行家們，像衛二爺那種級別的，應該認識不少這樣的老闆吧？

如果用翡翠打不開他們的銷路，換成有著深厚的歷史文化沉澱底蘊的古玩，想必會容易許多。賈似道想著，眼睛也不禁亮起來。

「對了，王大哥，難道這一次是他又向你訂貨了？」賈似道轉而看著王彪，說：「你是打算把這筆生意介紹給我？這麼說來，我倒是要多多感謝一下王大哥你了。」

「你想得倒是挺美呢。」王彪沒好氣地捶了賈似道的肩膀一下，正色說道：「不過，你說得也沒錯，他的確是訂貨了。是要給他母親的，需要玻璃種祖母綠的翡翠，來製作一件觀音掛件。」

「玻璃種的祖母綠翡翠？這可不好找啊。」賈似道知道，一些上了年紀的人的確是比較鍾愛這種顏色。或許是因為用來贈送母親的，王彪也很少見地把帝王綠說成了祖母綠。

「可不是嘛。要是好找的話，我就自己上了。」這個時候，王彪也不避諱，很懊惱地說：「說起來，前些年我也有過一塊玻璃種的帝王綠翡翠，個頭雖然不大，卻正好雕琢成一隻手鐲。而且，那個時候，又剛好遇到了一個在北方比較出名的師傅，就請人做了。」

「呵呵，你是不是有些後悔，沒留下來啊？」賈似道看到王彪的神情，不禁莞爾。

「那倒不是。」王彪說，「那只手鐲的價錢，即便只有一隻，但是，要是遇到有人識貨，還是很容易脫手的。而且，這回的訂單，對方還要求了尺寸大小，我那塊料即便還在，如果雕刻了觀音掛件之後，剩下來的邊角料，恐怕就不太能利用得上了。反而不如雕刻成手鐲來得實惠。」

「所以，你就想把這個燙手山芋轉給了我？」賈似道有些明白過來，王彪此時介紹客戶給他的意圖了。一來，可以償還欠下賈似道的賭注；二來，這種級別的客戶，只要是下了單，王彪哪怕自己稍微虧一點，從朋友手裏把東西先收過來，也一定要給辦成了。要不然，失去一筆生意不說，還會給客戶留下一個不好的印象。

做翡翠生意的人可多著呢。少了一個王彪，人家還可以找其他人。對於王彪而言，少了這麼一個客戶是少了一條賺錢的管道。與其這個時候把生意轉讓給別人，還不如先介紹給賈似道。要是賈似道手上同樣沒有相應級別的貨的話，可就怪不得他王彪了。

只是，這麼明顯的事情，王彪一說，賈似道自然可以想得到，以王彪和賈似道之間的關係，也難怪在一開始的時候，他會表現出一副猶豫的態度了。

賈似道倒是開起了王彪的玩笑，說道：「王大哥，你怎麼就知道，我的手裏就一定會有玻璃種的帝王綠翡翠呢？」

看到賈似道如此輕鬆的表情，王彪先是一愣，隨即一喜道：「看來，小賈的手裏，還真是有不少好東西啊。虧了虧了，我這回算是虧大了。」

「怎麼就虧了啊？」賈似道好奇問，「我這可是既幫你解決了這筆生意的著落，又讓你少介紹了一個客戶，怎麼算，你也應該是賺了啊。」

「我不是說這個。」王彪撓了撓自己的腦勺，說道：「我是說，我要是在『大賭石』的時候贏了你一回，我今年恐怕就不用再在外面辛苦奔波了。」

「哈哈哈……」賈似道指著王彪，心情非常暢快，笑得也有些肆意了。

「你也先別得意，那邊的訂單可不止這麼一件呢……」王彪正準備繼續說呢，房間裏傳來了一片驚呼聲。賈似道心裏一動，王彪也非常好奇，說道：「走，咱們先過去看看。」

然後倆人就到了楊總切石的邊上，只見那切開來的切面慘白一片，不要說是紅色的翡翠了，就是翡翠也絲毫不見，如果僅僅是從這兩個切面來看的話，絕對是一塊廢料。

也難怪圍觀的眾人，一時間驚歎地出了聲。

楊總看著翡翠原石的切面，也是皺著眉頭，一聲不響，眼睛就是那樣直勾勾地盯著。賈似道很明白此時楊總內心的感受，就好比他在先前金總切石的時候，並沒有猜中翡翠的顏色，賈似道看著那切面，也是愣愣的，足足有幾秒種的時間，才回過神來。

賈似道還是難免心裏有些難受，更別提現在的楊總了。整塊翡翠原石切垮了之後的那種極端鬱悶，很難在一瞬間就平復過來，尤其更讓他難受的，還有和賈似道之間的賭注，還有嫣然的態度……

原本想著切出塊紅翡來，吸引眾人的目光，更能借此來獲得嫣然的好感，現在這麼一來，計畫完全泡湯不說，先前第一回賭贏了的優越感，也在一瞬間淹沒在眾人的歎息中。

賈似道注意到，此時的金總，雖然表情上有點同情楊總的意思，心裏恐怕是在幸災樂禍吧？

好在，能賭石的人，心理的承受能力都是不弱的，楊總很快就調整好了自己的精神狀態，開始把整塊翡翠原石給徹底地解剖出來，特別是表皮部分，透過強光手電筒可以看到一絲翡翠影子的那些區域，解剖得格外小心。

似乎是為了獎勵他的努力一樣，還真的擦出了一些翡翠的質地。只是翡翠部分很薄，品質也並不高，顏色倒是如大家所期待的那樣，在淡淡的綠意中微微帶著一絲紫紅色。如果用來做一些低檔翡翠飾品的話，倒還能值幾個錢。

直到這個時候，圍觀的眾人才鬆了一口氣。

因為受到楊總切石垮了的影響吧，原本說笑著的李詩韻這會兒顯得有些猶豫起來。還好，邊上的金總在看了看紀嫣然的神態之後，主動站了出來，開始了切石。至少，他那第二塊翡翠原石，在表皮處就可以看到一些紅霧，切出翡翠來是錯不了的了，無非是在顏色和質地上有待商榷而已。

郝董和董經理站在邊上看著，也不說話。

賈似道和王彪倒是沒有心情站在這裏關注人家的切石，站到了門口的位置，小聲地說起話來，惹來李詩韻埋怨的眼神。似乎賈似道不在她的身邊，她便有些不敢去切石一樣。

不過，如此一來，也讓劉芳把李詩韻給取笑了一陣。先前的那種切石失敗的抑鬱氣氛，得到了很好的緩解，大家又開始變得積極起來。

「王大哥，剛才你說的，對方還有訂單怎麼回事？」賈似道連和楊總打賭贏了，打個招呼都省了，還是等改天再說，也不怕他賴掉。他接著剛才的談話，問起了王彪：「難道說，有了玻璃種帝王綠的觀音掛件，還不夠？」

「呵呵，有錢人的想法，豈是我們能夠明白的？」王彪淡淡一笑。

「王大哥，你這說笑了吧，就你，還不夠有錢的？」賈似道有意無意還瞥了劉芳一眼。

「呃，這個……」王彪頓時無語，隨即說道：「其實，他倒不是真的想要另外一件東西。只是提了一個想法而已。也不知道他是從什麼地方得知的，說玻璃種的極品翡翠上，顏色越多，就越稀少。這不，人家想要一件五彩的。」

「五彩的？」賈似道愕然。起話來也稍微大聲了一些。李詩韻那邊的幾個人，則紛紛轉頭看了他和王彪一眼。

「呃，沒事，沒事。」賈似道揮手示意了一下，才轉過頭來，對王彪說：「王大哥，你沒搞錯吧？福祿壽，在市場上就已經比較難得了，四色的福祿壽喜，如果按照玻璃種的質地來說的話，恐怕都能拍賣出天價了。五彩？還真虧他想得出來。怎麼不直接說要彩虹色的啊？」

「對啊，要是能找到七彩的話，也不用找人來買了，直接晾出去，估計都能被人擠破腦袋了來搶呢。哪怕就是質地稍微差一些的豆種，也是絕世罕見。」王彪不由接著賈似道的話，開了個小玩笑，之後，才歎了口氣，說道：「不過，人家明白五彩翡翠的稀少，這回提議的時候，也沒有給出一個期限。只是說了一個願望而已。而對於我們這些商戶而言，只要有希望，總得努力一下不是？」

「我看我還是算了。玻璃種帝王綠的翡翠，我倒是有一些。這五彩的，我就無能為力了。」說著賈似道聳了聳肩。如果說賭質地的話，賈似道還存在很明顯的優勢，但是賭顏色，賈似道就和一般的新手沒什麼區別。天知道什麼時候才能找到五彩的翡翠呢。

即便那塊春帶彩，賈似道心裏就寶貝得不得了。

只是，就在賈似道說完這句話之後，王彪看著賈似道的眼神，似乎，一下又變得親切了不少。這只是一種莫名的感覺，賈似道心裏琢磨了一下，最終原因，恐怕還是歸結到賈似道自己的身上了。

接二連三地從賈似道手上出現極品翡翠，已經讓王彪這樣的大商人都感覺到了一股壓力，王彪能給賈似道介紹玻璃種帝王綠觀音掛件翡翠的生意，潛意識裏，恐怕也存了一分想要試探的意思。誰讓賈似道連玻璃種豔綠翡翠這樣的料，都可以廉價出手給他呢？

要是連五彩的翡翠都有的話，恐怕賈似道在不知不覺間，就會失去王彪這樣的一位同行朋友了。即便不是斷絕往來，至少也會變得越來越生疏。

商人，別看很多時候比的是家底、身價，但更多的時候，還是要維護自尊。要不然，為什麼一些大商人喜歡收藏古玩，又或者佈置出一個書房來？即便不看書，也會讓人覺得有文化，這一點自尊，在他們擅長的領域內，表現得就更加明顯了。

當賈似道這個新人，在賭石上都可以毫不客氣地並且還是非常徹底地超越王彪的時候，王彪心裏自然不會太舒服。

而賈似道很乾脆地拒絕了這個生意，倒是讓他在王彪心中的形象，瞬間從深不可測，回歸到了賭石行業內的一個有點走運的年輕賭石高手。這恐怕也算是賈似道的意外收穫了。

而接下來幾人的切石，就有些波瀾不驚了。

不管是李詩韻的那塊翡翠原石也好，還是王彪和郝董合作收下的椒鹽黃原石也罷，都沒有切出什麼驚人的極品翡翠來。在賈似道的眼中，太過於四平八穩了一些，讓人感覺少了很多樂趣。李詩韻的那塊原石切出來的翡翠，價值比較一般，不虧不贏，和原先所預料的一樣。而王彪、郝董兩個人則是略微有些虧損。

反倒是金總的運氣還不錯，切出來的第二塊原石還小賺了一筆。

只是，切石之後的結果，也不是他們所期待的純粹的紅翡，只是在邊角的部分，稍微帶了一絲紅色而已，和楊總的那塊有點類似，唯一的區別，就是綠色的部分表現還不錯，質地、水頭都湊合，至少達到了冰豆種的級別。

金總一個人樂呵呵的。其他人看著，心中的那份對於切石的刺激感，卻空落落的，就好像這個晚上過得頗有些壓抑一樣，神情也多了幾分悵然。隨後，大家都很自覺地互相支付了賭金。雖然那一千塊錢一次的賭注，也沒有誰會在這個時候興師動眾地提出來，但是大家都是非常講究信譽的商人，尤其是在賭石這一行，要是沒有信譽的話，壓根兒就混不下去。

賈似道看了一下，還是金總一個人賺得最多。賈似道則因為先前猜中了楊總的那塊翡翠原石的切石結果，收到了幾千塊錢的賭注。

對此，賈似道笑著搖了搖頭，並沒有太往心裏去。

「怎麼了，你就不打算在這裏試手氣？」臨走的時候，王彪還特意地詢問了一下賈似道。畢竟一行人裏，就只有賈似道是帶著四塊完整的翡翠原石離開的。

「還是等到下次有機會再說好了。」賈似道很隨意地敷衍著，王彪也不再多話，因為幾塊翡翠原石雖然不重，但是切開來拿在手裏走出去的話，還是頗有些不便的。眾人便讓房主開車送了一程。

回到酒店後，大家散了，各自歇息去了。

賈似道洗漱之後，坐在床上，漫無目的地打量了一下自己的房間，有些精神恍惚。或許在這個時候，李詩韻還在遺憾晚上沒有切出紅翡吧，而王彪會歎息著晚上還沒有過足切石的癮，又或者擁著劉芳一起入眠。

但是，就賈似道而言，這些都不是重要的。自從王彪把第一個客戶介紹給他之後，賈似道的心裏總覺得自己一直以來在賭石上比較平靜的心情開始有了微微的變化。尤其是在聽說有人想要玻璃種帝王綠的翡翠，有人想要五彩的翡翠之後，賈似道對於賭石的追求，似乎一下子變得有目標了。

別看表面上，賈似道對王彪說自己無能為力。但是，賈似道心裏卻是非常渴望自己可以獲得五彩翡翠。哪怕並不是為了這個客戶，而是賈似道自己收藏著，也是很不錯的啊。

原先賈似道一心想著要靠賭石來發點小財，然後轉而收藏自己喜愛的瓷器，即便家中有了玻璃種的帝王綠翡翠，賈似道那種想要把它完整收藏的感覺，也僅僅是一個想法而已。

如果說真的要去實施的話，恐怕還需要根據往後賭石的成果來決定吧？要是一直沒有什麼好翡翠出現，賈似道勢必還是會把玻璃種帝王綠翡翠給切開來換錢的，就像這一次王彪介紹的客戶。賈似道第一個想法，就是使用家中的翡翠明料來完成這筆交易。

但是，這會兒躺在床上，賈似道卻想得很遠，至少，可以試試從這次的翡翠公盤中，再尋找一些玻璃種的翡翠原石，然後切出來看看，看有沒有運氣可以獲得帝王綠的翡翠，哪怕是個頭稍微小一些，只要能滿足客戶的需求，那麼家中那塊巨型玻璃種帝王綠翡翠，就可以很好地完整保留下來。

這種級別的翡翠原料，又如此大型，賈似道即便還是個賭石行業裏的新手，心裏也明白，要是沒有特別機遇的話，恐怕一輩子也就遇到這麼一塊了。

到時候再找個技藝精湛的師傅，雕刻成完整的擺件，哪怕就是人家願意出手兩三個億，賈似道覺得自己也不會願意出售了，留著收藏更有價值。

這種心態的改變，讓賈似道忽然感覺到，似乎有一扇明亮的門，正在緩緩打開。直到賈似道入睡了之後，腦海中還在盤旋著翡翠的那種冷豔、奪目、多彩的光彩。

尤其是晚上三個女人所羨慕的紅翡，似乎在賈似道的心底裏留下了一絲期待，連帶著在整個夢境中，也出現了一抹誘人的緋紅……

第二天一早，賈似道從床上爬起來，剛洗漱完畢，就聽見手機響了起來。這麼一大早的，會是誰呢？

接起電話，那一頭傳來了一個很憤怒的聲音：「小賈，你人都到揭陽了吧？竟然也不來找我，實在是太不夠義氣了。」

賈似道先是一愣，隨即才笑呵呵地說：「劉兄，我這不是想要給你一個驚喜嘛。而且，我這回可是和王彪王大哥一道過來的。也不過是昨天剛到而已，這不，今天就準備去麻煩你呢。到時候，你可千萬不能推脫啊。」

「呃，真的準備今天來找我的？」劉宇飛很懷疑賈似道的話，不過，這會兒，他也沒有計較這些，反而有些迫切地問了一句：「你現在在陽美的酒店吧？我馬上就過去找你。」

「不是吧，連這你都知道？」賈似道大為驚訝。

「這有什麼啊。我不但知道你人在陽美，還知道你昨天下午弄了一塊極品藍翡翠出來呢。」劉宇飛在電話那頭頗有些得意地說了一句，「你等著，就待在酒店裏啊，我馬上就到。」說完，也不等賈似道回答，就掛了電話。

賈似道心裏琢磨著，劉宇飛該不會也在陽美村吧？說起來，劉宇飛的老家肯定是揭陽的，但是和陽美村不在一個區。陽美村是在揭陽市的西部，劉宇飛的家好像是東邊。

這也是賈似道和王彪到了陽美村之後，並沒有第一時間去找劉宇飛的原因。

不過，待到劉宇飛來到酒店裏的時候，賈似道才明白，原來劉宇飛在打電話的時候，人還真的就到陽美了。倆人相視一笑，並沒有什麼隔閡，反倒是見到王彪的時候，劉宇飛表現得稍微有些客套。

王彪對此也不在意。和賈似道告別了之後，就帶著劉芳出門去了。

賈似道則是和劉宇飛一起進到了房間。

「你小子，說吧，剛才遇到的那女的，真的被你給追到了？」劉宇飛打趣了賈似道一句，說完了，還示意了一下隔壁，正是李詩韻的房間。

「呃，也不算是吧。」賈似道猶疑了一下，「上回去杭州的時候，和李姐有過生意上的往來，這回她也是跟著來這邊賭石的。」

「喲，都喊李姐了，還說沒拿下，誰信你啊。」劉宇飛一臉羨慕地說了一句，「這年頭的戀愛，都是從姐姐啊、妹妹啊開始的。小賈，還真沒看出來啊，你果然深得這一方面的精髓。而且，我剛才看到她看你的眼神，可是大有情義哦……」

「行了，你小子就別說這個了。」賈似道轉移了話題，問道：「這一大早的，你怎麼看起來，好像有點憔悴啊。難道是昨晚……」

「昨晚熬了一夜，到現在還沒睡呢。」也許是知道賈似道要說什麼，劉宇飛很快就打斷了賈似道的話語，接口說道：「要不是知道，你每天早上這個時間會起床，我也不會等到早上才打電話給你了。對了，那塊藍翡翠呢？讓我看看。」

說著，還一副猴急的模樣，翡翠商人對於極品的翡翠，永遠都是充滿了激情。

「現在不在我的手上。」賈似道攤了攤雙手。對於劉宇飛話裏，特意等到他起來了，才打電話，賈似道心裏感到一暖。

「你出手了？」劉宇飛心裏就是一急。

「怎麼會。」

看著劉宇飛那急躁的模樣，賈似道不禁有些好笑地回了一句。而腦海裏則是在琢磨著，該不會劉宇飛也想要那塊藍翡翠吧？

賈似道和劉宇飛一道，去洪總那邊拿回了玻璃種的藍翡翠和那一小段圓柱形的翡翠原石。相比起洪總來，劉宇飛給賈似道的感覺，自然是更加可靠一些，而且在感情上也沒有那麼見外。

反而是劉宇飛在見到洪總之後，很客氣地問著好，說著一些晚輩見了長輩的話語。賈似道看著劉宇飛很少見地很正經並且客氣的神色，臉上不禁泛起淡淡的笑意。在出了洪總的公司之後，劉宇飛才長長地舒了一口氣，整個人恢復了平時有點嬉笑的神情。再看到賈似道的眼神，他也是無可奈何地說了句：「沒辦法，大家都是揭陽人，還都從事翡翠行業，我老爸和他的關係很不錯，說起來，我還得喊人家洪叔呢。」

「那你昨天晚上怎麼沒來看洪總切石？」賈似道問道。

「你以為我不想啊？」劉宇飛沒好氣地說，「不過，我昨晚還有事，走不開。唉，不說了，現在就去我家？晚上再一道過來，我帶去你看幾塊好的料，順便盡一下地主之誼，請王董吃頓飯。怎麼樣？」

「呃，還是先回酒店。」賈似道琢磨著說。表面上，賈似道解釋是去拿存在酒店保險櫃中的四塊翡翠原石，心裏則是有點放心不下李詩韻。然後，就在劉宇飛那怪異的目光中，他敲開了李詩韻房間的門，邀請她一道去劉宇飛的家裏做客。

這個時候的劉芳早就和王彪一道出去了。而紀嫣然也隨同楊總那邊的人，在陽美村尋找自己想要的原石。只有李詩韻一個人，要是去看翡翠原石吧，以她的實力，還有點不過關，又沒什麼懂行的人帶著，還不如不去呢。於是在剛才劉宇飛剛到的時候，和他見過一面之外，就一直待在自己房間裏。

要是賈似道不去邀請她的話，恐怕李詩韻會在陽美逛上兩天，等待著翡翠公盤開始吧？

劉宇飛的家，說起來也就是尋常的房子，整幢房有個幾層的。賈似道曾經看過劉宇飛給的照片，感覺很有點鄉土風韻，和自己老家的建築差不多了。不過，在車上的時候，劉宇飛也說過了照片上的同樣是他的老家，平時也就是爺爺輩的人還在住著。如果要是帶著賈似道去那邊的話，恐怕今天一整天的時間就泡湯了。

劉宇飛自己有一幢別墅，位置在揭陽的郊區。他碧玉的收藏，幾乎都存放在別墅裏。

因為賈似道想要看看劉宇飛的碧玉藏品。這會兒，三個人自然是直奔郊區而去。到了地方，賈似道可以很明顯地感受到，這邊的別墅公寓，相比起臨海那邊，在格局上要氣派了許多，也更洋氣。這一點，不光在別墅的造型上可以體現出來，就是社區內的公眾設施也充滿了現代感，特別是那些抽象的金屬工藝的雕塑，尤為讓人印象深刻。

李詩韻看著，美目中泛出了一絲喜愛的神色，偶爾看到那些前衛大膽的雕塑，臉色上泛出一抹紅暈。看到劉宇飛的豪宅別墅竟然是處在眾別墅群中的顯赫位置，再想到劉宇飛的家底，相比起王彪來，恐怕也會弱上幾分，心裏倒是有些坦然了，而在看到賈似道的時候，卻抿嘴笑了笑。

賈似道微微一愣，好奇地看著李詩韻。

說起來，李詩韻今天的打扮絲毫不像是一個去賭石的商人，而是有點像是去逛街。上身的衣服是白色的，因為是夏天，領口的位置比較低，可以看到漂亮而性感的鎖骨，臉上不施粉黛，卻透著一絲雍容。下身的褲子是灰褐色的，有點緊身，利於行走，也把雙腿的修長勾勒得分外突出。

尤其是這會兒，賈似道和李詩韻一道，挨著坐在車廂的後排。賈似道一路上更是有意無意地多看了幾眼她的雙腿，她腳上的涼鞋，卻是不同於衣褲的素雅，顏色頗為惹人注目。紅得有些深，鮮亮的蝴蝶結讓玉足分外出彩，連帶著那光潔的玉趾，也透著一絲秀氣和可愛。

看到李詩韻兀自不覺自己那莞爾的笑容，會有多大的殺傷力，眼神還在賈似道和劉宇飛之間來回地打量著，似乎是在做著一番比較，賈似道不禁有些愣愣地問了一句：「笑什麼？」

說著，還下意識地察看了一下自己的衣服。心裏琢磨著，莫不是剛才在把翡翠原石搬進後車廂的時候，沾上了灰塵？

「老姐我是想起了，有人還準備著要用出售翡翠賺取的錢，買一幢別墅來著。不知道，是不是和這一幢類似呢。」看著賈似道那小孩般的舉動，李詩韻臉上的笑意更是泛了開來，整個人閃現出前所未有的光彩，小聲地說了一句：「還是說，你在看到人家有了別墅之後，才動了購買的念頭呢？」

「我就是想要買過來住人而已。」賈似道摸了摸自己的鼻子，嘀咕道。不過，賈似道也很快就明白過來，僅僅是住人的話，隨便買套房就足夠了，壓根兒就用不著別墅這麼奢華。再看李詩韻，似乎也在考慮著相同的問題，看著賈似道的眼神，更是有點打趣的意思。賈似道鬼使神差地說了一句：「如果李姐不信的話，也可以理解為金屋藏嬌吧。」

他說完之後，李詩韻的臉上頓時浮現出一片紅暈，甚至還低下了頭，賈似道的眼神刻意地收了回去。

賈似道心裏一琢磨，忽然想起，自己在去杭州那會兒，似乎是和李詩韻說過類似「金屋藏嬌」的話，也難怪李詩韻現在會有如此羞澀的表現了。

賈似道嘴角微微一翹，不作過多的解釋，這種美女害羞的模樣，尤其是像李詩韻這般成熟的女人，偶爾看看，也是一種享受。

「討厭！」也許是察覺到賈似道的目光有些肆無忌憚，李詩韻臉上的紅暈，更是迅速瀰漫開來，連脖根都紅了起來。賈似道就像是沉浸在一種怪異的氛圍中，不可自拔，漸漸地升騰起一種很想要湊近去細心呵護的心理了。尤其是李詩韻嘀咕著的那一句「討厭」，在賈似道看來，倒有點純情的小女生，一邊朝著自己的男朋友狠狠地擂了一記粉拳，一邊嘴裏還欲拒還迎地嘟囔著「你壞死了」的感覺。

那一瞬間的風情，引得賈似道不禁有些心神搖曳。

「小賈學壞了。」李詩韻調了一下自己的呼吸，轉而抬頭看著賈似道，說道：「越來越壞了……」

不過，當賈似道什麼話也不說，用自己的手捉住李詩韻的手時，李詩韻那些準備脫口而出的話卻戛然而止。整個車廂內的氣氛，瀰漫著一股淡淡的溫馨。兩個人都不再說話。賈似道看向了窗外。李詩韻則低著頭，看著自己的腳趾，在那裏，正有一朵漂亮的蝴蝶花，翩翩欲飛……

僧帽壺

也不知道是賈似道自己的主觀意識作祟，
還是特殊能力的感知，可以淡薄地分辨出年代感來。
賈似道覺得這種感觸很是玄妙。
在他事先準備用特殊能力去探測的時候，
心裏已認定了僧帽壺是清代乾隆年間的東西。
臆造出滄桑的感覺來，也是情理中的事情。

直到劉宇飛很穩妥地把車停下來，李詩韻才恍然間回過神來，飛快地縮回了自己的手，推開車門走了下去。賈似道看了看自己的手，嘴角微微一笑，也跟著下了車。

相比起劉宇飛的別墅，劉宇飛的這輛車，在這樣的社區裏，倒是顯得有些不夠出色了。

也許察覺到了賈似道的眼神吧，劉宇飛很大方地揮了揮手，還特意向自己的車上指了指，說道：「這叫低調，懂不？」

「低調的人，也住這樣的別墅？」賈似道不懷好意地看了看眼前的別墅。

「唉，沒辦法，誰讓我是揭陽人呢？」劉宇飛裝模作樣地感慨一句。

「要是太囂張了的話，我老爸還不把我給廢了啊。至於這住的地方嘛，暫時還沒有哪個女人知道，我還有這個地方的。對於那些看家世的女人，最好還是別帶回家的好……」說完，他哈哈一笑，邀請著兩個人進了別墅。

賈似道心裏不禁對著劉宇飛的背影，狠狠地誹謗了一句：原來用一輛普通的帕薩特，還是你老爸特意幫你挑的啊。

倒是進了別墅之後，忽然轉身過來的劉宇飛，看到賈似道那憤憤的眼神，不禁微微一愣，隨即似乎是明白過來一樣，偷偷湊到賈似道的耳邊，說道：

「怎麼，是不是準備向我學習啊？我在揭陽的生活，可是非常低調的，哪像你啊，在車上的那一幕，我可都透過反光鏡看到了哦，這回，你總不能再否認和她的關係了吧？不然，這麼漂亮的女人，連我看著都心動了，不要怪我到時候插足啊。」說完，還刻意地看了一眼邊上的李詩韻，再看了看賈似道，露出一個頗為惋惜的眼神，邊走邊感歎著：「可惜了，真是可惜了啊……」

瞧著劉宇飛的模樣，大有感覺到一朵鮮花插在牛糞上的意思。

賈似道不禁沒好氣地白了他一眼，誰知道這個時候的劉宇飛，陡然間轉過了身，帶著兩個人去到他的收藏室，直愣愣地把自己的背影對著賈似道，倒讓賈似道一陣無語了。而對於賈似道和劉宇飛之間的小聲交流，李詩韻即便沒有聽得很清楚，心裏恐怕也明白了不少。

再看著賈似道的時候，李詩韻總覺得有點被人看穿了的感覺。一時間，也不顧得什麼儀態風度，匆匆跟隨著劉宇飛後面，從客廳穿過，來到了一間偏房，只見裏面擺滿了許多翡翠原石，有的是半開窗的，有的乾脆就是明料，也有全賭的還沒來得及解剖開來的原石，不一而足。就是一些解石的工具，也是隨意堆放著。似乎這個房間，就是劉宇飛的工作室了。

「怎麼樣，還不賴吧？」劉宇飛對賈似道問道，「我看你那別墅裏，可沒有這樣方便的地方，回去不妨也弄一間。不然，我送你一套工具如何？」

「你肯定沒安好心。」賈似道想也不用想，就知道，劉宇飛能這麼說，肯定是別有所求。

「呃，這個都被你看出來了。」劉宇飛一時語塞，先是看了看李詩韻，待到賈似道並沒有什麼特別的表示之後，也就說開了：「其實，還真的被你猜對了，我想要你手上的那塊藍翡翠，怎麼樣？有意思讓給我不？」

「難道是有人向你訂購了這個品種的翡翠？」賈似道也沒急著否定，而是好奇地詢問了一句：「我在陽美那邊，就被人詢問過呢。」

「說是也是，說不是也不是。」劉宇飛說的話，有點像是繞口令，不光賈似道迷糊，就是李詩韻也頗為好奇：「雖然那邊的人暫時還沒有聯繫我，可是這種級別的翡翠，尤其是藍色，肯定會喜歡。所以，我就想著，以咱哥倆的關係，你要是要出手的話，肯定得先讓給我不是？」

正說著呢，客廳內的話機響了，幾個人一起出了房間，待到劉宇飛接起來一聽，正有人前來別墅這邊找劉宇飛來了。

賈似道和李詩韻不禁相視了一眼，心裏同時升起一股困惑，該不是來得這麼巧吧？

劉宇飛放下話機，看著兩個人，說道：「對了，等會兒要來的人，可不是前來要玻璃種藍翡翠的，小賈，你就不用太過擔心了。」

劉宇飛走了幾步，回過頭來說道：「不過，我剛才說的也是實話哦，當然，我說的那邊的人，是台灣的，並不是找你的那個楊泉。小賈，不如你就成全了我吧？」

說完之後，劉宇飛迅速走向別墅的大門，背後傳來賈似道沒好氣的聲音：「劉宇飛，我可以很明確地告訴你，那塊藍翡翠，你沒戲了……」

不過，賈似道說是這麼說，只是，劉宇飛這麼一走之後，剩下賈似道和李詩韻兩個人愣愣地站在一起，氣氛顯得有些尷尬起來。

李詩韻淡淡地看了賈似道一眼，轉身坐到了客廳的沙發上。賈似道很細心地發現，李詩韻臉上的表情有些黯淡。賈似道不禁感覺到有些揪心，一邊考慮著措詞。一邊猶疑著說：「李姐，那個……」

「小賈，你不用多說了，老姐我明白的。」

李詩韻苦笑著說，「而且，老姐的年紀……」她的聲音越說越低，然後很快地就調整好了自己的心態，就像先前的那一段話是在自言自語一樣，轉而以輕快的語氣說：「小賈，等老姐回去之後，幫你介紹個漂亮的女孩。」

賈似道頓時愕然。

在賈似道的腦海中，從來就沒有想過，李詩韻這般年紀的女子，敏感度會如此高。而且，在面對情感問題時會如此小心翼翼，似乎是生怕轉瞬間就會受到傷害一樣，尤其是在說到她的年紀的時候，那種似是而非的語氣，讓賈似道聽著總覺得心裏很不是滋味兒。

再看著此時的李詩韻，那故作鎮定的神情，賈似道恨不得立即坐到她身邊去。

當然，這種短暫的情愫以及保護欲，很快就被人給打破了。劉宇飛正帶著一位穿著褐紅色制服的女子走了進來。

賈似道再看李詩韻的時候，卻沒有了那種柔弱的感覺，彷彿先前看到她流露出來的柔弱，就是一種錯覺。或許，在這以後，賈似道要想再找到今天這樣的機會，會很難很難吧？

心裏感歎著，賈似道不禁有些著惱起劉宇飛來。

這傢伙，真是不該走的時候，走了；不該來的時候，又來了。

對此，賈似道實在是很無語，連帶著，看著劉宇飛身後的那個女子，也沒什麼好臉色了。而且，想到劉宇飛先前所說的，什麼女人會很少來這別墅之類的話語，更是覺得劉宇飛這會兒的舉動，有些讓人摸不著頭腦。

直到女子輕聲客氣地問了一句：「劉先生，原來你家裏還有客人啊。我冒昧前來，不打攪吧？」

「不打攪，不打攪。」劉宇飛揮了揮手，示意請她坐下，才接著說：「這兩位也都是行裏人，尤其是這位。」

劉宇飛指了指賈似道，說道：「賈似道，您直接喊他小賈就好了。浙江臨海人。收藏的東西雖然不多，可都是精品啊，連我看著都羨慕不已呢。」

轉而對著賈似道和李詩韻介紹起來：「廈門的夏怡女士，就職於心和藝術拍賣有限公司。她的眼力可是一流的。」

「心和藝術品拍賣公司？」賈似道不禁有些詫異地打量了一眼眼前的女子。心裏知道自己有點錯怪劉宇飛了。不過，廈門的一個拍賣公司的人，到劉宇飛家裏來做什麼？要說是劉宇飛追求的對象的話，聽劉宇飛和夏女士之間的對話也不像，兩個人看上去還顯得頗有些生分。

「看來，賈先生您可能還沒有聽說過我們心和藝術品拍賣有限公司。」

夏女士笑著解釋了一句，續說道：「也難怪，賈先生是浙江人，我們公司的市場，在浙江地區雖然有不少客戶，但是所佔據的市場份額卻不是很大。而且，杭州那邊的幾個拍賣公司，也是比較出名的……不過，正因為如此，以後還要煩請賈先生對我們公司多多關照呢。」說著，她從口袋裏摸出一張名片，遞了過來。

至於李詩韻，因為夏女士和劉宇飛兩個人走進來的時候，可以看到，賈似道已經湊到李詩韻的邊上了，而且，李詩韻雖然很快就恢復了自然的神色，但是她臉上的那抹紅暈和賈似道對她頗為關注的目光，卻是掩飾不得的。這在旁人看來，顯然就是一對情侶了。

也許是李詩韻也想到了這一點，對於夏女士沒有遞給她名片，倒也沒有著惱，甚至連提醒一下的心思都沒有。這會兒的她，內心裏的思緒正波動得最厲害，哪裏還顧及得了這麼多。

而劉宇飛看著這般情形，暗地裏對賈似道豎了豎大拇指，心裏高興還來不及呢。倒是弄得賈似道有些哭笑不得了。

幾個人就這般在客廳裏隨意地聊了起來。

賈似道這才明白過來，夏女士是到劉宇飛家裏來看東西的。不是看翡翠擺件，而是看劉宇飛所收藏的碧玉藏品。尤其是在談話中，賈似道還細心地注意到，夏女士似乎對於劉宇飛的藏品，頗為熟悉和瞭解。其目的，自然是想要讓劉宇飛拿出幾件來，送到心和拍賣行去拍賣了。

賈似道注意到夏女士那嚴謹的神情以及劉宇飛那微微有些躊躇的模樣，心裏開始謀劃起來，聽劉宇飛的語氣，似乎這心和藝術品拍賣公司，來頭還不小。

於是他也想瞧瞧，既然能被人家拍賣行看上的東西，究竟是什麼級別的玩意兒。

閒聊一陣，夏女士或許覺得閒話談得也差不多了，這才提出，是不是可以到劉宇飛的收藏室裏去看一看。

劉宇飛只能點頭同意了，走之前，特意拉了賈似道一下，先走一步，留下李詩韻和夏女士兩個女子，也不管她們會說些什麼。轉過身之後，劉宇飛卻是長長地歎了口氣。

「怎麼，要是不願意的話，直接拒絕唄。」賈似道不禁有些好笑地說，「難道你是看中了人家的美色，想要追求？」

「哪能啊。」劉宇飛搖了搖頭，「不過，看著的確是挺漂亮的，尤其是穿著職業服裝的時候，要是能追到了，倒是挺有征服感的……不過還是算了吧，那女的太精明了，不是我喜歡的類型。」

「精明？」賈似道倒是覺得夏怡談話間比較嚴肅、嚴謹而已。

「唉，你不知道。」劉宇飛說，「我以前在他們公司，收下過不少的東西。就是我爺爺和心和藝術品拍賣公司那邊，也有著不少聯繫，這一次，她就是先找到了我爺爺，老人家點頭了，她才過來的。可惜了我的收藏品了，這次是真的要出血了……」

「呃……」這倒是賈似道沒有想到的，「聽你這麼一說，這心和藝術品拍賣有限公司，還挺厲害的啊。」

「你真的沒聽說過？」劉宇飛詫異地看了賈似道一眼，見到賈似道的神態之後，拍了拍賈似道的肩膀，說道：「真懷疑你是不是混這一行的。怎麼看怎麼像是個新手，怎麼運氣就這麼好呢？」隨即還搖了搖頭，問了一句：「那你總應該聽說過蔡名超先生吧？」

賈似道的腦海裏，頓時浮現出一個比較消瘦，但卻很有精神的男人的模樣。倒不是說蔡名超先生有多麼出名，都說隔行如隔山，這話還是頗有些道理的，即便到了如今這個資訊化的社會，要是不關注古玩的人，說起古玩來，也無非就覺得是老東西，又或者想到博物館。

但是，賈似道想要進入這一行，勢必會在事先對於各大拍賣行中經常出現的一些人，或者是有哪些大型的拍賣行、古玩交易市場有所瞭解。

當然，對於初入某一行的人來說，最有吸引力的，就是行內的一些人所創造的一項項紀錄了。遠的暫且不說，最近幾年的，賈似道還是頗為關注的。就比如二〇〇五年的「鬼谷下山」元青花大罐，在倫敦佳士得藝術品拍賣會上，以一五六八八萬英鎊，折合人民幣二十三億元的成交價，創下了中國藝術品拍賣價格的新高。這樣的實例，恐怕但凡對於古玩有些愛好的人，都是耳熟能詳的吧？

賈似道記得很清楚的是，這一五六八八萬英鎊的價格，以當日的市場金價而言，剛好可以兌換成整整一噸的黃金！

一噸的黃金，這個極具震憾力的事實，無疑會讓所有人記憶猶新。

除此之外，古玩一行，可不僅僅就是元青花這麼一樣而已。哪怕就是同樣類型的瓷器，也還有著各種各樣的紀錄。粉彩、鬥彩等等，數不勝數。賈似道並不能完全記住，但是，其中幾個同樣頗具震撼力的紀錄，還是可以印在腦海裏的。所以劉宇飛提到「蔡名超」這個名字的時候，賈似道臉上的表情表現得極為精彩，有點發愣，有點欣喜有點期待，又有點敬佩。

劉宇飛知道，賈似道已經明白他的意思了，也不再多說些什麼，拍著賈似道肩膀的手卻沒有收回來。兩個人就這麼勾肩搭背地在前面走著，也不管身後跟著的李詩韻和夏怡兩個女人……

此時賈似道的思緒，卻已經隨著「蔡名超」這個名字，飄了開來。

元青花大罐創造驚天的奇蹟之後隔一年，也就是二〇〇六年，在香港蘇富比拍賣會上，蔡名超以「佛光普照——重要明初鎏金銅佛」專場拍賣會中的三五三號競拍者的身分，以一一六億港幣的天價將絕世銅佛「明永樂鎏金銅釋迦牟尼坐像」成功拍下，創下中國佛像類藝術品迄今為止世界拍賣最高紀錄，同時結束了銅佛在海外飄零多年的歷史。

這樣的壯舉，對於古玩收藏的人來說無疑是激動人心的，遠要比一個外國人收下一件天價的元青花更讓人銘記於心。

按捺住心中的震撼，賈似道跟著劉宇飛一起進入了他的收藏室。

所謂收藏室，也就是別墅裏的地下室。至於劉宇飛為什麼會把解剖翡翠原石的工作室安排在一樓，而不是把收藏室安排在地下室裏，待到賈似道看到那品種繁多、品質上乘、手藝卓絕的碧玉藏品時，答案已經是呼之欲出。

整個地下室，並沒有像賈似道家中的那樣被分成了兩間，完全就是一個整體。

而且，在空間上也要比賈似道預想的稍微大一些，賈似道心裏琢磨著，應該是整幢別墅的地底下，都給利用了起來。

四面的牆壁上，有很多個獨立的壁櫥，上面放置著的，自然都是碧玉的藏品了。而在中央的位置，則有著不少台墩一樣的設置，相互間隔著一定的距離，縱橫交錯著，多為玻璃的材質。正上方擺放著一些大件的碧玉雕刻，底下的小格裏，則是零落地放置著一些小玩意兒。

而且，為了防止碧玉擺件不經意間磕著碰著，那些大件的器型，擺放在台墩正上方的，都會用一些透明的絲線給牢牢地綁在底座上。

要是說，整個地下室就是一間碧玉類藏品的博物館，也絲毫不為過。

賈似道總算明白，劉宇飛自己所說的幾千件藏品，是如何壯觀了。

不說心中的那點羨慕之情吧，單單就是以劉宇飛的年紀，可以淘到這麼多碧玉擺件，就足以說明，劉宇飛對於碧玉類物件的喜愛了。難怪夏怡女士前來說服他拿出其中的一件、兩件上拍賣行的時候，劉宇飛心中有多麼不情願了。

不過，對於劉宇飛的不情願，賈似道倒是頗有些幸災樂禍的感覺，這會兒看著劉宇飛，也是淡淡地微笑著不語，絲毫沒有想要為劉宇飛辯解幾句的意思。尤其是，夏怡在一進入收藏室之後，就直奔自己的目標藏品而去。賈似道更是樂意地站到一邊，看熱鬧了。

反倒是李詩韻，這會兒看著賈似道那充滿笑意的神情，雖然驚訝於劉宇飛的收藏，也沒有把這種驚訝寫在臉上，和賈似道一起，隨意欣賞起擺放著的碧玉擺件來。

說起來，碧玉擺件的造型，和翡翠成品還有著不少相通之處。比如，在收藏室裏，就有不少碧玉掛件，觀音像、彌勒佛的數量還是比較多的。至於動物造型的，比如猴偷桃、雙蝠捧壽，也很常見。當然，還有一些賈似道和李詩韻都沒有見到過的形態，倒是讓兩個人長了不少見識。賈似道心裏還在琢磨著，這會兒多看看、多瞧瞧，說不定還能在以後製作翡翠的時候有一些創意靈感呢。

讓賈似道心裏的震驚稍微平復一些的是，劉宇飛的藏品中，特別的碧玉擺件，數量並不多。像在「周記」二樓看到的幾件碧玉藏品，那種級別的，在這裏雖然也有，但是相比起數千件的總體數量而言，卻是相對比較稀罕了。

尤其是那些大件碧玉擺件，不管是質地還是工藝上，都存在著不少缺陷。

想到劉宇飛能為了自己的那塊碧玉觀音玉佩興師動眾地打來電話，甚至千里迢迢地到臨海來，賈似道的嘴角，就泛起笑意。看來劉宇飛的收藏，和賈似道的理念還是有著些許不同的。

賈似道準備走精品路線，並不覺得應該以數量來取勝。而劉宇飛卻是出於對碧玉這個品種的喜愛，但凡是與碧玉相關的，只要有機會，恐怕劉宇飛都會試著收下來吧？

而這一回，能被夏怡看上眼的自然不是那些小玩意兒，應該是要從劉宇飛為數不多的精品收藏中取走一件了。賈似道看到劉宇飛和夏怡圍著一個玻璃台墩，仔細地打量著一件擺件，他不禁回頭看了看李詩韻，只見她還在看著諸多的碧玉成品造型呢，當即走到她的邊上，輕輕地喊了一句：「李姐。」

看到李詩韻瞥來的疑惑目光，賈似道也不猶豫，拉起她那柔軟的手，就走向劉宇飛，邊走邊說道：「這裏的東西，都是碧玉的，我們看著也不是太懂，還不如請劉兄免費給我們介紹一番呢。」

當然，話是這麼說，他拉著李韻的手，心裏怎麼想的，就只有賈似道自己知道了。

李詩韻沉默不語，賈似道也沒有注意到她的眼神中，在看著他的側影時，露出的一抹神采。只要她不反對，不當即把手給抽回去，賈似道就覺得很心安。而且，這種拉著她走的形勢，也很容易讓兩個人之間的關係重新變得微妙起來。

要是到了這個時候，賈似道還不明白李詩韻對自己的感情的話，那也實在是太傻了一點。再說，李詩韻若有若無地提到過的年紀問題，賈似道壓根兒就沒有想過，關鍵還是在於賈似道自己和李詩韻的態度。

兩個人一道走到了劉宇飛身邊。

「劉兄，你這裏的藏品還真是多啊。不過，擺放得還挺井井有條的。」賈似道開口，玩笑似的說了一句：「等我回去之後，我琢磨著，是不是也應該仿照著這邊的擺設裝飾一番呢？」

「行了，小賈，你就別取笑我了。」劉宇飛沒好氣地說，「東西是不少，好的卻沒有幾件呢。」

「劉先生，你這話就不對了。我看你這裏的藏品，很多都是上檔次的。就好比是眼前的這件僧帽壺……」夏怡女士接口說了一句。

不過，她不提眼前的這件僧帽壺還好，一提起來，劉宇飛臉上的表情就更顯得苦澀了一些，不禁很快地塞了一句回去：「這件是挺不錯的，不過，你能把它留在這裏嗎？」

夏怡不禁就是一愣。

賈似道打量了一下兩個人的神色，轉頭看了一眼他們交談的重點：僧帽壺。看著樣式，賈似道並不是很懂。只覺得這名字還是挺形象的。而且，以前劉宇飛就提起過這件東西，還特意拿這玩意兒做了個比方呢。至今，賈似道還記得完整的名稱：「這就是清乾隆碧玉浮雕獸鈕花卉暗八寶紋僧帽壺？不如，劉兄你給我們說說？」

要知道，每一件古玩，可都是有出處的。

既然能讓劉宇飛掛在嘴邊炫耀過的東西，自然也就是他比較得意的收藏了。怎麼會沒有故事呢？

劉宇飛卻是看了夏怡一眼，示意由她來。

夏怡倒也沒有拒絕，說道：「這碧玉是出產自新疆的，外號菠菜綠、青銅綠。只要看其顏色，就可以明白。」她見到賈似道點頭，才繼續說道：「而在乾隆中後期，乾隆特別下旨，讓造辦處仿造一批仿古的東西，眼前這個呢，就是特意仿照永樂時期的僧帽壺。其工藝非常精細，有八寶紋、蓮花紋，應該是禮佛的時候用來裝水的器物。因為在乾隆中晚期的時候，特別尊崇佛家，所以才特意造了這麼一個。整件僧帽壺比較精緻，唯一的缺陷，就是在流傳的過程中，在這個地方磕碰了一下，留下了一些痕跡，可能會折損不少價值。」

夏怡一邊說，一邊還對著僧帽壺比劃著，倒也清晰明瞭。

「至於劉先生是從什麼地方收上來的，這個我就不得而知了。」末了，夏怡還頗有些意味地說了一句。

「和一個朋友以物換物，兌換過來的。」劉宇飛也很爽快地解釋了一句。不過，從他看著夏怡的神色來看，恐怕正在心裏嘟囔著：我還以為你什麼都知道了呢。

只是，能上拍賣行的東西，尤其是在國內，其出處都還是比較講究的。在這一點上，劉宇飛也不好亂說。

接下來，賈似道上手把玩了一陣，還特意用自己的特殊能力感知了一下，似乎在材質上，和自己胸前的觀音玉佩，很難分辨出其孰勝孰劣來。而且，讓賈似道尤其感慨的是，在感知碧玉的時候，在腦海裏的那番景象充滿了滄桑感。

也不知道是賈似道自己的主觀意識作祟，還是特殊能力的感知，可以淡薄地分辨出一些年代感來。賈似道心裏隱隱覺得這種感觸很是玄妙。畢竟，在他事先準備用特殊能力去探測的時候，心裏已經認定了僧帽壺是清代乾隆年間的東西了。臆造出一種滄桑的感覺來，也是情理中的事情。

之後的時間，夏怡和劉宇飛交流得更多的是一些細節。比如拍賣行抽取的傭金以及什麼時間拍賣公司裏會有人前來取貨，還有就是拍賣公司會從提取僧帽壺之後，會負責這件東西的安全，而在萬一丟失了之後，會有什麼樣的賠償等等。

哪怕劉宇飛說自己已經不是第一次送東西去拍賣行了，夏怡也一絲不苟地把該交代的都交代了。

劉宇飛表現得有些興致缺缺，邊上的賈似道倒是聽得興致盎然。有了現在這麼一個例子，待到以後賈似道送東西去拍賣行的時候，也能有個參考。

不過，就在夏怡臨走的時候，也許是注意到劉宇飛的情緒一直不高，她難得地展開了笑顏，說了一句：「劉先生，看在你這麼不情願的份上，我就送你一條消息吧。」

到了這會兒，賈似道忽然發覺，當一個一直板著臉的非常嚴肅的女子，偶爾微笑起來的時候，那種視覺衝擊，竟然絲毫不遜色於李詩韻的美麗，即便是一直苦著臉的劉宇飛，在看到之後，也提起了不少的精神。

當然，兩個男人這會兒關注更多的，恐怕是職業服裝之下的女子那曇花一現般的笑容，而不是她嘴裏所說的所謂有價值的消息。

「據說，在日本，前些日子出現了一尊墨玉壽星，器型大小嘛，應該和這件僧帽壺有點類似，並且被一個老藏家給收上了手。如果你對此有興趣的話，不妨去打聽打聽。」夏怡微微一笑，說完之後，看著劉宇飛那有些欣喜的神情，不禁有點得意地微微翹起了下巴，然後，轉身邁著輕鬆的步伐離開了。

賈似道不禁在心裏歎著，一個幹練的女子，果真要耍起心眼來真是厲害啊。就這麼一個消息，對於現在的劉宇飛來說，無疑是極具衝擊力的，幾乎是不費吹灰之力，就把劉宇飛對於這次她盤算著從他爺爺那邊入手，再從他手上硬生生地奪走一件喜愛的藏品所帶來的那種鬱悶徹底地擊散了。

此時劉宇飛眼神中所流露出來的那種欣喜，賈似道猜測著，這會兒就是要劉宇飛把那件僧帽壺給賤賣了，估計他都願意。

第八章

阿哥打碎的碧玉盤

李詩韻發現了一個和劉宇飛嘴裏所說的
阿哥打碎過的碧玉盤非常相似的一隻碧玉盤，
尤其是從其大小和破碎之後重新黏回去的痕跡來看，
都應該是屬於摔碎了之後保存下來的那種。
這麼一來，賈似道再看著劉宇飛的眼神，
可就頗有些打趣的意蘊了。

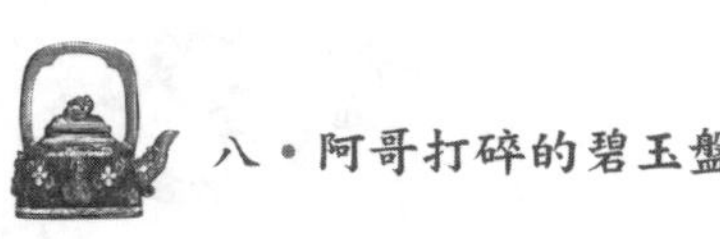

「對了，小賈，剛才那女人說過是哪個人收下了墨玉壽星嗎？」劉宇飛回過神來，突兀地問了一句。

「好像沒有具體說吧？」賈似道說，「不然現在追上去問問，應該還來得及。」

「噗哧……」邊上的李詩韻聞言，倒是笑出了聲來。

劉宇飛撓了撓自己的後腦勺，感覺有點尷尬。不過，他很快就解釋了一句：「沒事，不就是不想告訴我嘛，我還不會自己去打聽啊，真是的……這女人啊，越是漂亮，心眼兒就越多，小賈，你以後要是遇到了……」

不過，這話還沒說完，劉宇飛就感覺到氣氛有點不對勁了。

「哦，剛才我啥也沒說。」劉宇飛在李詩韻的眼神注視下，閃身躲到了邊上，拿起一件碧玉如意，說道：「小賈，來，我介紹件好東西給你看看。」

「是啊，這碧玉如意，是挺漂亮的。而且，還不像女人那樣，越漂亮就越是心眼兒多。」李詩韻不禁打趣了一句。賈似道嘴角露出笑意，手上卻不禁拉了拉她的手。李詩韻卻狹促地看了賈似道一眼，說道：「沒事，反正他又不是在說我。而且，我也不漂亮啊。」說完，還頗為莞爾地對賈似道拋了個媚眼。

賈似道心頭一顫，嘀咕著：你不漂亮才怪呢。不過，隨即琢磨起劉宇飛的那句話來：這女人啊，越是漂亮，心眼兒就越多。

越琢磨，越覺得這話說得很正確！尤其是在回憶起和李詩韻相處的過程中，對方那時而做出的一些小動作，更是覺得此話簡直就是真理啊。不過，這樣的一個李詩韻，在成熟中帶著一絲可愛，也顯得越發動人了。

「咦，你這裏的碧玉如意，怎麼這麼多啊？」賈似道來到劉宇飛這邊，看著牆壁上一個頗為大氣的壁櫥，裏面擺著的竟然全部都是如意，實在是叫人歎為觀止，不禁很好奇地問了一句：「莫非，你對於碧玉的如意，尤其情有獨鍾？」

「哪能啊。」劉宇飛感歎著，「主要是，我收著收著，就發現這玩意兒比較多了。應該是造型太過普通的，比較流行的原因吧。你看，這邊的，還有這裏的。這如意，可並不僅僅就是碧玉的。上面還有其他一些東西。比如瑪瑙，還有這個，支架是紫檀的，上面鑲嵌了碧玉材質的寶瓶、鵪鶉。怎麼樣？挺漂亮的吧？」

賈似道應了一句：「倒是不錯。」

「這一支，雙頭的，這邊還有四個頭的呢。」似乎得到了墨玉壽星的消息之後，劉宇飛很快就走出了剛才鬱悶的情緒，這會兒為賈似道介紹起自己的收藏來，臉上不無得意之色。順帶著還講起了一些收藏的過程中，發生的一些有趣故事，賈似道和李詩韻也聽得津津有味。

「對了，小賈，你看這一支碧玉如意，是不是和當初在你那邊的那個『周記』裏看到的非常相像？」劉宇飛拿出一支碧玉如意，問道。

賈似道先上手把玩了一陣，感覺這一支玉如意上面的光澤很亮，應該是被人經常把玩的結果，想來，劉宇飛應該是非常喜歡這件東西了，轉手給了李詩韻，然後才點了點頭，說道：「的確挺像的。你要不說，我還以為是你從周大叔那邊偷過來的呢。」

「呃……」劉宇飛頓時語塞：「要是周大叔願意出手的話，我倒是可以以高出市場價一成的價格，把那支如意給收過來……」

賈似道和李詩韻很有耐心地這邊看看那邊瞧瞧，聽著劉宇飛的解說，實在是過足了把玩的癮頭。到了最後，李詩韻都不禁有些羨慕起來道：「我一直以為，自家商鋪裏的翡翠飾品就相當於是我個人的收藏了。但是，現在看來……感受大不相同啊。」

「商鋪裏的和陳列在家中的，自然是不同的了。」賈似道頗為好笑地看了李詩韻一眼，這樣的機會可不多：「不過，你要是把那些翡翠都搬到家裏去，估計你那珠寶店也就開不成了。」

李詩韻抿嘴笑笑，也不反駁。

「對了，你這裏的碧玉擺件，怎麼都是這麼小巧的，大的擺件幾乎就沒怎麼看到。總的看來，倒是覺得有些小家子氣了，好像是一個女孩子收藏的東西。該不是你的興趣愛好，有些……」李詩韻這會兒，似乎是抓住了機會，便開起了劉宇飛的玩笑。

誰知道劉宇飛壓根兒就不在意，聞言之後，還是一副不在意的模樣，聳了聳肩。

隨後他看到賈似道詢問的目光，才笑著解釋道：「其實，這碧玉的材料，一開始的時候就不太多。上回在周大叔那邊就說過了，應該是在乾隆平定了回部以後，清宮中才有大的碧玉料子出現。即便如此，在當時的宮中，大的碧玉雕件也不多，因此非常受重視。說到這裏，關於碧玉的料子，還有這麼一個故事呢。」

劉宇飛繼續說道：「哦，應該是史書上記載著的，確確實實發生過的事情。是這樣的，乾隆的一個阿哥，有一次一不小心打碎了內廷藏著的一個碧玉盤子，有這麼大。」

說話間，劉宇飛還比劃了一下大小，也就比一般家用的盤子稍微大上些許：「然後呢，他就蹲在那邊，很是緊張，心裏琢磨著該怎麼辦啊？」

「等等，你說一個阿哥，打碎了一個碧玉的盤子，會緊張得不知道該怎麼辦？」李詩韻聞言，插口問了一句。

「呵呵，這個你還別說，還真有這樣的可能。阿哥，聽著是覺得很尊貴的。但是，也要看是什麼樣的阿哥。宮中的事情，遠要尋常百姓人家複雜得多。」賈似道解釋了一句。察看古玩的資料多了，對於這些宮中的一些奇聞逸事，有時候也多少會瞭解到一些。

李詩韻耐住好奇，不再提問，而劉宇飛也接著講了起來：「其實，李小姐問得也挺好的，這一個阿哥的身分，打破了一個盤子，實在是沒什麼好緊張的。不過，乾隆很喜歡那個盤子啊，所以，這個阿哥害怕了。而乾隆的喜歡正說明了，這樣的一個盤子，在當時非常難得。

「於是，另外的一個阿哥，也就是他的一個哥哥，就對他說，找和大人去吧，他也許能想出辦法來。那個阿哥自然就去找到了和大人。然後，和大人開始的時候還推三阻四的。最後，砸盤子的那個阿哥的哥哥，也跟著過來求了。這時候就和珅說：『好了，明天到我府上來吧。』就給他從自己家裏收藏的拿了一個出來，比他砸碎的那個還要大。還要大出大概一寸來，而且玉質還要好。那個阿哥就高興地拿著和大人家的這個，把那個給補上了。所以，別看碧玉的大件雕件不多，珍貴著呢。」

「我倒是覺得，這個故事說明了，當時的和大人比起皇帝來，還要富有呢。」李詩韻說了一句。

要不然，怎麼清宮裏乾隆喜歡的盤子，和珅家裏還會有一個更好的呢？

賈似道這麼一琢磨，倒也覺得，李詩韻的話還真是沒錯兒。

「咦，這裏也有一個碧玉盤子呢。」李詩韻無意間看到一個玻璃台墩下面的格子裏，正擺放著一個盤子呢，不由得湊了過去，仔細打量了一下，因為是在劉宇飛的收藏室裏發現的，材料是碧玉的，應該沒什麼懸念了，上面還有破碎後重新拼湊起來的痕跡，李詩韻便回過頭來，對著劉宇飛說：「這個該不是就是那個阿哥打碎的碧玉盤子吧？」

還真這麼巧，就在劉宇飛說完之後，李詩韻就發現了一個和劉宇飛嘴裏所說的阿哥打碎過的碧玉盤非常相似的一隻碧玉盤，尤其是從其大小和破碎之後重新黏回去的痕跡來看，都應該是屬於摔碎了之後保存下來的那種。

這麼一來，賈似道再看著劉宇飛的眼神，可就頗有些打趣的意蘊了。

想起劉宇飛剛才所講的那段話，賈似道心頭一動，忽然間就想起來，在古玩這一行裏，大凡收東西的時候，小販們可都會編出不少繪聲繪色的故事來增加收購者的購買欲望，這劉宇飛該不會是，就從那兒撿回來這麼個故事吧？

「你們倆可別這麼看著我。」劉宇飛一邊指了指兩個人，一邊苦笑著搖了搖頭，然後接著說道：「對於清宮中的一些奇聞逸事，我查找的資料還是比較多的，根本就沒有必要在這裏忽悠你們。」說起來，一個喜歡收藏碧玉類藏品的人，對於清宮中的一些事比較瞭解，也是非常必要的。要不然，反而會顯得有些業餘了。

「那這個盤？」李詩韻好奇地問了一句。

「完全是個巧合而已。」劉宇飛解釋道，「要不是你今天說起來，我自己都沒把這碧玉盤往那邊靠呢……而且，這件東西因為摔碎過，又是碧玉材質，真要估算起價值的話，並不是很高。在這裏，我不妨還說句大話，我的所有藏品中，這只盤也就屬於中下水準。要不然，我怎麼會隨意地把它給塞在這台墩下面呢？」

「那倒也是。」賈似道點了點頭。

對於一個收藏家藏品的好壞，從收藏者對於其安放的位置，就可以大概分出個三六九等來。就好比先前的那件僧帽壺吧，能擺在玻璃台墩的正上方，還用透明絲線給固定著，足見其在劉宇飛心中的位置了。

「不過，這要真是那位阿哥打碎過的盤，我可就發了呢。」說到這裏，劉宇飛不禁也自嘲地說了一句：「可惜，咱沒那個運氣。」

「不對吧？」賈似道說，「就你那件準備拿去拍賣的僧帽壺，應該也價值不小了，我看著都羨慕呢。」

「嘿嘿，既然你這麼說，不如咱就打個商量如何？」劉宇飛忽然對賈似道微微一笑眨了眨眼睛，一臉狹促地說：「反正那是為今年的秋拍準備的，在兩個月之後才舉行。到時候，我們一道去廈門走一趟，然後……」

「然後，我就幫你把這件東西給拍回來？」賈似道沒好氣地看了劉宇飛一眼，說道：「那還不如不送過去拍呢。」

「唉，小賈你是不知道啊。」劉宇飛苦笑著說，「要說凡是拍賣會上的拍品，其實很少有像夏怡這樣眼巴巴地跑到別人家裏去索要的。即便有，也是在國外比較多。說到這裏，我也不得感歎一下，還是外國人做事認真啊，他們對於誰家中藏有什麼值錢的東西，甚至還不能分辨東西的真假，也都會記錄在公司的檔案上。說不定什麼時候就會用上了……」

「這個我倒是知道一些，就那個最出名的元青花鬼谷下山大罐，也是這麼給發現並送到拍賣行的。」賈似道回應了一句，「不過，依我看，先前那位夏怡，似乎也是頗為認真啊。」

「這種認真會一樣嗎？」劉宇飛不禁白了賈似道一眼，然後輕聲嘀咕著：「說白了，她也就是這一次，在我這裏行得通，誰讓人家和爺爺有交情呢？我總不能不還人家人情吧？」

「哦？原來是用來還人情的啊？」賈似道直到這會兒，才問出了心中的疑惑：「那她怎麼就選中了你的這件僧帽壺呢？我見到那邊的幾支碧玉如意，也是很不錯的嘛。」

「應該是他們要搞一個清宮乾隆的專場。」劉宇飛皺著眉頭，思索了一會兒，才說道：「具體的，我也不是很清楚。但是，碧玉的如意肯定不缺。而這件比較有代表性的僧帽壺，尤其是可以表現出乾隆晚年的一些喜好風格，這種比較有代表性的東西，應該不會太多。再說了，人家只是來給送上拍賣，讓專場搞得更有聲有色些，無非是為公司賺取一點名聲而已……」

「所以，你就打算把東西給拍回來？然後，經過這麼一搞，雖然花了不少錢，卻也抬高了這件僧帽壺本身的價值，對不對？」賈似道說著，忽然覺得，自己在收藏一行，還實在是有些太嫩了點。

「基本上你算答對了。」劉宇飛右手打了個清脆的響指，「不過，我這不也是沒辦法嗎，自己喜歡的東西，哪怕花上幾個冤枉錢，也是要買回來的。到時候，你好我好大家好。何樂而不為呢？」

「那你剛才還一副戀戀不捨的樣子？」李詩韻看著劉宇飛的眼神，不禁顯得有些怪異。

「人家都上門來要我的東西了，難道我還樂呵呵地雙手奉送過去？」劉宇飛對此也不介意，轉而神清氣爽地說了一句：「裝得苦澀一點，也可以讓人家覺得這份人情比較有價值嘛。再說了，我要是表現得高高興興的話，那女人臨走的時候，肯定不會告訴我墨玉壽星的事情……」

「鬧到最後，也就我們倆，被你們倆給白白忽悠了一陣。我想，那夏女士心裏肯定也明白你打的小算盤。」賈似道苦笑著說，「李姐，我看，我們以後還是遠離一些劉兄比較好。不過……」賈似道忽然話鋒一轉，對劉宇飛說道：「你要是能為了彌補我們精神上的損失，讓我們一人在你這裏挑一件東西帶走的話，我想，我和李姐還是很通情達理的。」

李詩韻聞言，也是一副看戲的樣子，看著劉宇飛的眼神中，還頗有些期待。

「行了，你又不藏碧玉。想要從我這裏拿走一件東西，門都沒有。」劉宇飛說著，還打量了一下賈似道的胸口位置：「我還想把你的觀音玉佩給收過來呢。」

「原來你到了現在還惦記著呢？」賈似道聞言，不禁愕然。不過，心裏倒是對劉宇飛能如此執著地追求碧玉飾品而佩服不已。

「嘿嘿，小看我了不是？」劉宇飛眉毛一揚，說道：「我還曾有過為了一件玉如意，狠狠地糾纏了人家兩年，最終把東西收上手的紀錄呢。」

「很難想像，像你這樣年輕的人，能為一件喜歡的東西糾纏上兩年。」李詩韻在邊上聽著，也不禁感歎了一句：「如此說起來，連我也有些佩服你了。這裏這麼多的碧玉擺件，肯定得花費不少心思吧。」

「多謝李姐誇獎。」劉宇飛對李詩韻作了一揖，然後說道：「不過，要論起年紀的話，我雖然不知道李小姐芳齡幾許，但是相比起我來，旁人看著一定會覺得，即便你不是我的妹妹，也肯定是年紀相仿。所以呢，李小姐也同樣年輕不是？」

一席非常客套，簡直還有點恭維的話，讓李詩韻聽著，不自覺地發出「咯咯咯」的輕笑聲。

賈似道也不禁對劉宇飛多看了幾眼，莫非劉宇飛平時所吹噓的，就是這麼接近女人的？他說：「對了，劉兄，不如帶我們去看看你那追求了兩年的東西吧。

也好讓我們開開眼界。」

說起來，賈似道倒是願意和劉宇飛再交流一些碧玉擺件上的知識呢。畢竟，對於收藏而言，越瞭解，內心中所生出來的那種想要收藏的欲望，也就越強烈。有時候往往一件很簡單的小事，卻能引出一個人的興趣，轉而成為一種喜好。

賈似道原本對於軟玉類的東西，說不上太過喜歡。如果不是身上的碧玉觀音玉佩對他還有一些紀念意義的話，說不定當初就轉手給劉宇飛了。而現在，經過劉宇飛這麼一介紹，再看著劉宇飛對於自己的藏品侃侃而談的那種興奮之色，賈似道的內心裏，倒是生出些許渴望來。

當然，要說是羨慕，或許更合適一點。

如果現在就有一件不錯的碧玉擺件放在賈似道的眼前，他肯定會二話不說，先收上手再說。而且，對於當初在臨海的時候，劉宇飛為何能和周大叔相談甚歡，賈似道心裏也有些明悟過來。

讓劉宇飛追求了兩年才弄到手的那支碧玉如意，與第一次去拍賣會的時候，所看到的紀嫣然用來拍賣的那一支玉如意，頗有些相似。只不過是其材質一支為白玉，一支為碧玉而已。

劉宇飛看著賈似道那驚訝的神色，還以為是看上了他的收藏呢，當即就是有了一個下意識的躲閃動作，似乎把手上的碧玉如意，給攥得更緊了一些，神色上還頗有些困惑，嘴裏則驚訝地說道：「我說小賈，你該不會是真的準備收藏碧玉了吧？」

「哪能啊。」賈似道解釋了一句，「看把你緊張的。我只是覺得，這玉如意，弄來弄去，也就是這麼些造型，你都收藏了這麼多了，怎麼還會對這一支如此在意呢？」

「這個你就不知道了吧？」劉宇飛沒好氣地白了賈似道一眼，說道：「那我問你，你是玩翡翠的，家裏存了不少翡翠了，為什麼還要在外面賭石？」

「呃……」賈似道一時間猶豫著，不知道說什麼好了。

「為了錢？」劉宇飛自顧自地說，「那肯定是其中的一個原因，但若僅僅是為了錢的話，賭石的高風險，還不如去找些其他的投資來得穩妥。哪怕就是收購翡翠明料，然後再轉手賣掉，也比你直接參與賭石來得安全多了。」

「那是肯定的。我就聽說了，有人就是依靠著購進翡翠明料，然後製作成翡翠成品，依靠銷售管道的優勢，幾年之內就身價上億了呢。」賈似道答道。

「這不就結了。」劉宇飛聳了聳肩，「玩收藏也是一樣的。玩的就是這麼個過程，玩的就是這麼些意趣。古玩這一行，大多數人啊，也都是這個樣子的。」

「自得其樂。」賈似道接過劉宇飛遞過來的玉如意，打量了一下，感覺工藝上還是十分精湛的，尤其是雕刻的線條，非常大氣。看樣子，應該是清宮中的東西，錯不了。

「你還不信。」劉宇飛笑著看了賈似道一眼，隨後還特意看了看跟在賈似道身邊的李詩韻，似乎是覺得後者的眼神中，也頗有些懷疑的神色，劉宇飛當下就有些不太樂意了，有點賣弄似的說道：「既然你們都不信，那不如再給你們舉個例子？你們聽了以後，肯定就能明白我的心態了。」

「該不是又關於阿哥的吧？」李詩韻抿著嘴道。

「阿哥倒不是，但是這位古玩收藏行家，卻是先前提到過的和珅和大人。」劉宇飛指了指賈似道手中的碧玉如意，說道：「你們知道，和珅家中有多少這樣的玉如意收藏嗎？」

賈似道琢磨著說：「你這裏就有上百件如意了，該不會還沒你這裏的多吧？」

「去，一邊待著去。」劉宇飛沒好氣地說了一句，「我怎麼能跟和大人比啊，根據嘉慶抄和家的檔案來看，玉如意，包括碧玉、白玉，一共有兩百多支，至於鑲玉的，就有一千六百一十支，而其他如意，有兩千多隻呢。」

說著，劉宇飛的臉上露出了羨慕的神色，嘴裏發出「嘖嘖」的聲音。

「看來真是人比人氣死人啊！」李詩韻張大嘴巴，合不攏嘴。

賈似道眼珠一轉，似乎想到了什麼，說道：「劉兄，你去給那位夏怡送一點禮？讓她告訴你，你的僧帽壺在拍賣會上會有哪些潛在的買家？這樣你不就可以知己知彼了嗎？」

「這個，即便我不送，人家應該也會告訴我的。」劉宇飛說，「怎麼說也是我的東西。不過這送禮可是很有講究的，就說和珅吧，據說當初他被抄家的原因，就是因為送了一支如意給嘉慶。而他選擇送的時機，沒有把握好。當年在嘉慶當太子的時候，還差兩天，就要當皇帝了。和珅興致盎然地送了一支白玉如意給嘉慶。嘉慶感覺到，和珅這是洩露了天機，把這個心事藏了四年，等到登基四年以後，就拿這個做藉口，把和家給抄了。所以說，這送禮啊，絕對是一門學問。哪怕就是送的東西準備好了，送的時機也還是需要多多注意的。」

「行了，你還真打算在這裏學和珅啊，都說了半天他的事情了。」賈似道不禁苦笑著，嘀咕了一句。忽然，他瞥到一樣東西，便轉移話題似的，問道：「對了，這玩意兒叫什麼名字？」

賈似道指了指旁邊的一支如意，其尾巴上還留著一小辦子一樣的東西，流蘇狀的，有點像小燈籠下邊留著的那種。

要知道，很多古玩都有著既定的名稱。為了不和李詩韻一樣，在不懂的情況下鬧出笑話，賈似道很乾脆地就直接問了出來。

不知為不知，是為知之。即便一些古玩行家，在對著自己不懂行的領域中的東西，也很難說出個子丑寅卯來。

「這個啊，叫穗兒，一般像這種質地是紫檀木的，上邊鑲嵌著碧玉的如意，有時候會帶著這麼一溜兒。」劉宇飛解釋道，「而且，在看這地方的時候，要看如意尾部的把兒和穗相結合的部分。別看這裏的穗兒的顏色，看著有點舊，像假的，但這玩意兒就是這樣的。有可能是宮廷裏用礦物原料染色而成的，所以都好像珊瑚那個顏色。」

「可是，這邊的一支，這穗兒的顏色，怎麼就透著股鮮豔的感覺呢？」賈似道指了指邊上的一支如意。

「呵呵，這個是民間的玩意兒。」劉宇飛說道，「看著挺好看的，但是東西不一定就好。就像楊柳青年畫的那種，看著是栩栩如生的，而少了一種皇室的大氣。」

「難怪呢。」賈似道嘀咕著，「這帶著顏色鮮豔的穗兒的如意，你反倒把它給放到格子的底下一層了。」

看看時間也差不多接近中午了，三個人才走出了地下室，去到外面，隨意地吃了一頓飯。並沒有因為有李詩韻這麼一個女子在，就非要搞得很講究。對此，李詩韻也是欣然接受。這出門在外，做生意的，尤其還是熟人之間，也不需要那麼客氣。

而且，賈似道和劉宇飛兩個人，在隨意吃了幾口之後，就又匆匆地趕回到別墅裏。

用劉宇飛的話來說，那就是接下來的整個下午的時間，他要開工切石了。

賈似道還特意地詢問一句：「你即便要切石，也不用這麼趕吧？莫非是你手頭的資金，已經緊張到非要出售手裏的翡翠，才能去翡翠公盤進貨的地步？」

劉宇飛卻搖了搖頭，說了一句：「翡翠公盤那邊的事兒，再不濟，也還有我老爸撐著呢。我這可是為了咱晚上要去的地方特意準備的。對了，你也趕緊切開幾塊來看看，說不定，到時候要帶上那塊玻璃種藍翡翠呢。」

當然，這也不過是劉宇飛下意識的一個提醒而已。

賈似道問了一聲，晚上究竟會有什麼樣的活動。劉宇飛卻閉口不語，搖了搖頭，只說了一句：「小賈，你就安心地在這邊幫我多看看翡翠原石吧，最好找出幾塊品質高一點的，要是能弄出一塊極品翡翠來，那就更好了。至於晚上，時間到了，你自然就知道了。」

說完，還裝著一副高深莫測的樣子，直弄得賈似道心裏癢癢的，但又不能當即得到解答，實在是非常鬱悶和憋屈。不過，看到劉宇飛那一副淡定的樣子，擺明了就是故意的，這讓他很無奈。

賈似道心想這會兒可沒好心情，不故意添點亂，就已經很不錯了。

看得邊上的李詩韻，此時掩嘴樂呵呵地笑著，眼前的這兩個年輕男子，在她的眼裏都還是小孩子一樣。偶爾慪慪氣，也頗有些情趣呢。

「李姐，我們就在這裏看著他找吧。」賈似道淡淡地說了一句，「我就不信了，他能找出什麼好東西來。」

「不是吧，這裏可是儲存室啊。」李詩韻看著房間裏滿地的翡翠原石，要是劉宇飛是一個賣家的話，李詩韻肯定要提議收手幾塊了。

「呵，就因為是他自己的儲存室，我才會說，他找不出什麼好的翡翠原石來的。」賈似道說話間，信誓旦旦的樣子，有意無意地瞥了劉宇飛一眼，說道：「李姐，你想啊，連他自己都需要從中去找，這樣的翡翠原石，還有什麼希望嗎？」

數的。」

「說的也是。」李詩韻恍然點頭道，「如果是我自己的原石，我心裏肯定有數的。」

「你倆還真的不準備過來幫忙了啊？」劉宇飛左看右看，忙乎了一陣子。並未發現好的翡翠原石。他當即抬頭看了賈似道倆人一眼，發現兩個人找了兩把椅子，正悠閒地坐在大門口聊天呢。劉宇飛苦笑道：「我說你們倆，真就忍心我一個人在這邊瞎忙活？」

「劉兄，這話你就說錯了，這可都是你的石頭，我們怎麼能有你瞭解呢？」賈似道說，「再說了，即便找到好的，我們又不能帶走，壓根兒就是白忙活啊。」

「行，臭小子，算你狠。」劉宇飛一字一句地說，隨後還嘀咕了一句：「不就是沒告訴你晚上去幹什麼嗎？」

「好吧，小賈，我就和你說實話吧。」最終，劉宇飛還是敗下陣來，走到賈似道的邊上，說道：「這次找你來，其實也是想要你幫我把把關的意思。」

「哦？」賈似道聞言心裏一動，說道：「東西呢？」

「嘿嘿，我就知道你會有興趣。」劉宇飛心裏一樂，轉而走到儲存室的最裏頭，從角落裏抱出一塊翡翠原石，個頭不大，只有兩三個拳頭大小。不過，在其一角，開有一個小小的窗，上面露出了一絲淡淡的綠色，不是很濃，卻比較翠。

賈似道仔細地看了看，還特意接過劉宇飛遞過來的強光手電筒，對著窗口部分照了照，發覺這一點點的綠意，竟然滲入得還比較深，如果切開來的話，只要這塊翡翠原石表裏如一，至少是玻璃種陽綠翡翠這種級別，應該問題不大了。只不過，個頭稍微小了一點而已。

即便如此，這般級別的翡翠，在現在的市場上，也已經非常少見了。當然，其內部真實情況究竟如何，此刻誰也說不準。

賈似道把自己的見解和劉宇飛說了一遍，然後才問道：「我說劉兄，既然這塊翡翠原石都已經開了窗了，你怎麼不乾脆切開來呢？」

說實在的，這窗開得也實在是太小了一些。尤為讓賈似道迷惑的是，整塊翡翠原石表皮其他部分的表現，都是上佳的：「莫非，這塊翡翠原石，你是準備用來出手的？」說到這裏，賈似道忽然看了看李詩韻，喊了一句：「李姐！」一邊說，一邊還示意了一下劉宇飛手中的翡翠原石。

李詩韻自然意會了賈似道的心意，隨即對劉宇飛說道：「小劉，你要是真想用來出手的話，不如就便宜一下我吧，怎麼樣？我正琢磨著，接下來的翡翠公盤，競爭太激烈了，以我這點眼力和財力，恐怕會落得個空手而歸呢。如果現在能找到幾塊好的料子，我可以早點安下心來。」

「你不是還有小賈嘛。」劉宇飛轉而把手上的翡翠原石往地上一放，說道：「再不濟，他也不會看著你空手回去的……而且，我這塊翡翠原石，故意這麼弄出一個窗，不是存了要出手的意思，而是特意為晚上準備的。只是，能不能切出玻璃種的翡翠，我心裏還是沒底。」

「一定要玻璃種的陽綠翡翠？」賈似道好奇道。

「那倒也不是。」劉宇飛琢磨著說道，「不知你們有沒有聽說過在賭石新興的賭法裏，有『一刀千金』的說法呢？」

「就是指切石？一刀下去贏虧立判？」李詩韻在邊上，接口說：「不過，每一塊翡翠原石，在切石的時候，都是這樣的吧。」

而賈似道的腦海裏忽然閃現出昨晚幾個人一道去看貨，郝董所說的，賭切面翡翠質地的那件事情來。隱約還記得郝董提過，所謂的「一刀千金」是指賭切石的切面結果了。於是，賈似道疑惑地問了一句：「該不會是針對某一塊翡翠原石切出來的切面，來下賭注吧？」

「喲，小賈，看來你知道的還不少嘛。」劉宇飛詫異地看了賈似道一眼，說道：「這可是新興的一種比較刺激的賭石方法，參加的人特別多。待會兒，晚上我帶你們去的地方，就有你說的這個。」

「那就是說，還有其他的賭石方法嘍？」賈似道笑著問了一句。而邊上的李詩韻，也頗為期待地看著劉宇飛。從兩個人的對話之中，她自然明白，昨晚玩過的賭石方法，應該也是其中之一了。

「這第一種方法，就叫『相面』，也就是你說的賭翡翠原石的切面。各人憑著自己的眼光，先看好要賭的翡翠原石，然後開始下注。一般每個晚上都會有好幾輪機會，也就是有好幾塊的翡翠原石，供大家賭一刀切出來之後的成色。」劉宇飛說，「昨晚我就是被人拉過去參加了。」

「每個晚上都有嗎？」賈似道琢磨著，要是每個晚上都有的話，劉宇飛也不會一大早見他的時候，精神萎靡不振了。

果然，賈似道這話一問出來，劉宇飛就笑著說：「怎麼可能每個晚上都舉行啊。最開始的時候，是陽美人自己在切石的時候，熟人間玩的一個遊戲，後來才逐漸盛行起來，尤其是在年輕人之間。一般大概每個月舉行一次。不過，最近因為翡翠公盤的日子臨近，前來賭石的人也多了，這幾個晚上估計都應該有。」

「這果然是個不錯的主意。」賈似道說，心裏琢磨著，如此一來，恐怕陽美村的名氣，也就更大了吧？不過，聯想到昨晚那頗有些亂糟糟的賭法，真要正規

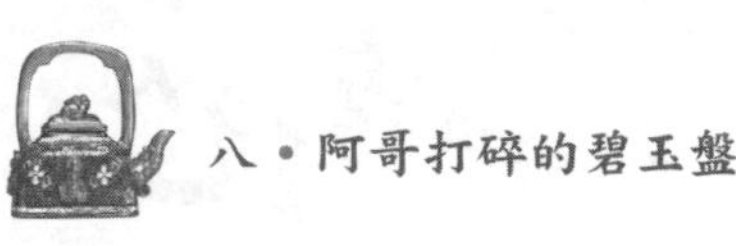

地去賭一塊翡翠原石的切面成色的話，恐怕還有不小的「規矩」吧？

也許是知道了賈似道的心思，劉宇飛在邊上繼續解釋道：「在這裏，我不妨就再和你具體說說吧，免得晚上手忙腳亂的。在每一塊選出來下刀的翡翠原石邊上，會有賭場特意請來的賭石專家，根據原石上劃好的線而事先預測的十張切面的色譜，以供大家選擇。你可以任意選其中的一張色譜。然後賭石按照劃好的線條對半切開，只要兩個切面的色樣，正好和你選擇的色譜相同，那你就贏了。」

「這倒是比我們昨晚要正規許多了。」邊上的李詩韻接口說了一句。昨晚幾個人也就是各自猜測而已，也沒認真，最先說出自己答案的人，定會吃虧一些。畢竟，大家也就是口頭的表述。後面說的人，完全可以先參考前面的人的答案。

「哦，你們昨晚就賭過了？」劉宇飛皺著眉頭說，「不對啊，我怎麼沒看到你們呢？」

「呃，情況是這樣的……」賈似道解釋了一番，劉宇飛才恍然大悟。

「不過，即便有專家把關，這賭石，哪怕就是提供幾十張色譜，恐怕也有疏漏的時候吧？萬一，這切開來的切面成色，和提供的十張色譜都不一樣呢？」

「這個你放心。要是全部不中的話，賭場那邊會自動提供每一個下注的人罰金的。」劉宇飛說，「而且，幾乎每一次開賭，都會出現你說的情況。所以，參與下注的人，哪怕就是把自己身上的錢全部押了進去，光是這罰金，也絕對不會讓你光著身子回家。」

「呵呵，看來陽美人果然是精明啊。」賈似道暗自嘀咕了一句。一旦一個人置身賭場，又沒有後顧之憂的情況下，恐怕壓起賭注來，會更加瘋狂吧：「對了，他們是現場切石的嗎？有沒有可能出現造假的翡翠原石？」

「造假的翡翠原石我倒是還沒有聽說過。想必，陽美人也不會砸了自己的招牌吧。」劉宇飛說，「至於切石，自然是等所有人下完注之後，就當場切開來的，就在同一個地方，大家都可以親眼看到。想來也沒有什麼好作弊的。只是，大凡是賭石的商人，肯定知道，這百分之十的機會，雖然看著挺大的，但實際上，要是沒有過人的眼力的話，還是很難贏的。而且，還有另外的一種賭法，更是講究一個人在賭石上的真實水準！」

「哦，還有憑真本事的賭石？」賈似道詢問，看了看劉宇飛放在地上的那小塊翡翠原石：「應該和你準備的這塊玻璃種陽綠有關吧？」

「那是……」劉宇飛臉上笑了笑，說道：「這種玩法，叫做『殺嫩』。就是每一個準備參與賭石的人，要自帶一塊十公斤以下的翡翠原石和一百萬的現金參賭。每一次開賭，都會有人數的限制。一般是一到十五人之間。也就是說，十幾塊翡翠原石，再加上上千萬的賭金，大賭一場。勝者可以獲得所有參與的人的翡翠原石和賭金。」

賈似道聞言，不由得眼睛一亮！

「是不是比誰的翡翠原石，切出來的價值最大啊？」賈似道按捺住心中的喜意，連忙追問了一句：「對了，這對於參與的人，還有什麼要求嗎？」

劉宇飛聞言，不禁詫異地看了賈似道一眼。似乎，說到現在為止，也就是這會兒，賈似道的精神明顯高亢了許多，不禁詢問了一句：「莫非，小賈你還真準備，這第一次去賭場就參加『殺嫩』啊？」

「是啊，難道不行嗎？」賈似道問。

「那倒不是。只要時間趕得早，在前十五個人之內，不管來人的身分，都是可以參與下注的。」劉宇飛答道。

「那還等什麼，咱們趕緊走。」賈似道一拍劉宇飛的肩膀，就準備出門了。

「可是，你都聽到了，這賭法名字就叫『殺嫩』，什麼叫『殺嫩』？宰的就是像你這樣第一次來就興沖沖參賭的人。」劉宇飛不禁沒好氣地解釋了一句。

「呃，不是吧？」賈似道說，「你不是說，賭的就是誰的翡翠原石可以切出價值最高的翡翠來嗎？」

「可是，你帶了翡翠原石？」劉宇飛一邊說，還一邊白了賈似道一眼。

「小賈就有玻璃種的藍翡翠。」李詩韻在邊上說著。即便是光聽劉宇飛說，也完全可以想像得到所謂的「殺嫩」，是如何激動人心了。不說那現金就達到了上千萬吧，光是那參賭的翡翠原石，恐怕沒有一塊是普通的貨色吧？就好比賈似道的玻璃種藍翡翠這種級別的，本身就價值幾千萬。如此一來，這一場勝下來，總共賺取的甚至都有可能過億了。

還真是讓人心動不已呢。

想到這裏，再看到賈似道那蠢蠢欲動的模樣，李詩韻倒是有些理解了，畢竟只要是個男人，面對著「賭」字，似乎天生就有著熱血的激情！

第九章

廢料？

賈似道用特殊能力感知探測了一下，質地細密，
可惜沒出現翡翠的質地，完全就是石頭的質地。
而隨著感知力漸漸地往下滲入，
賈似道的腦海裏出現的是一片粗糙感。
賈似道不禁心裏訝然：
莫非這塊原石，還真就是一塊廢料？

賈似道看到在李詩韻說出玻璃種藍翡翠之後，劉宇飛依然是一副促狹的模樣。賈似道明白這其中肯定還有別的需要注意的門道，他當即轉回身問道：

「劉兄，你就直說吧，還有什麼需要注意的？」

「也沒什麼特別需要注意的。」

劉宇飛這會兒顯得有些老神自在，道：「就是參賭的翡翠原石，要和我這裏的這塊一樣。」說著特意指了指他先前給賈似道看過的那一小塊翡翠原石。

賈似道點了點頭道：「明白了，不能是切開來的，要全賭的翡翠原石，對不對？」

「對，另外，如果對自己的翡翠原石不放心的話，也可以允許參賭的人，事先擦開一個小窗。但是，直徑不能太大了。」

劉宇飛指了指翡翠原石邊角的那個窗說：「就好比這樣的大小，還是被允許的，不然的話，拿著明料去賭，大家對於誰輸誰贏，都一目了然，還賭個屁啊！」

「那就是說，我的那塊玻璃種藍翡翠，沒有用武之地了嘍？」賈似道不禁嘀咕了一句，「那你先前的時候，還故意提這塊翡翠做什麼？耍著我玩？」

「也不是一無是處的。至少，外邊還有不少人在打這塊翡翠的主意呢。要不然，一千萬的價錢，你讓給我？」劉宇飛沒好氣地說了一句。

「一邊待著去。」賈似道說著，還朝劉宇飛揮了揮手，說道：「不就是挑一塊翡翠原石嗎？有什麼難的，瞧我的。」隨後，就兀自走到自己的幾塊翡翠原石邊上，開始認真地打量起來。

「我說小賈，你該不是準備就拿這幾塊中的一塊去賭吧？」劉宇飛說了一句，「你要是覺得自己的錢多得沒地方花的話，不如就送我一百萬吧。至於這翡翠原石，我就不要了。你看如何？」

「你也不看好我？」賈似道很無所謂地聳了聳肩膀，說道：「我勸你吶，晚上的賭注，你還是別參加了，就你那塊翡翠原石，肯定要輸。」

「你是說真的？」劉宇飛不禁眉頭一皺，說道。

說起來，對於賈似道看翡翠原石的眼力，劉宇飛還是頗為信任的。尤其是，賈似道最近的賭石手氣和切出極品翡翠的機率，實在是高得驚人。別人或許還不是很清楚，但是，作為從雲南之行開始就陪在賈似道身邊的劉宇飛而言，賈似道的運氣，似乎已經達到了逆天的地步。要不然，剛才他也不會特地拿出準備參賭的翡翠原石，讓賈似道過目了。

「你看我的樣子，像是在說著玩嗎？」賈似道一副無所謂的樣子，就在剛才察看翡翠原石的時候，賈似道左手的特殊能力感知，就已經慢慢地滲透進原石的內部。現在基本上，只要條件允許，每一塊經手的翡翠原石，賈似道都會給它做一次探測。

不說是特意幫助劉宇飛一回，至少要做到心裏有底。

而劉宇飛期待頗高的這塊翡翠原石，開窗處固然是玻璃種的陽綠翡翠，質地、水頭、綠色都還不錯，而且其他表皮部分的表現，更是非常出色。只是並不是你看見了什麼就可以猜得出沒有看見的部分的，要不然就無所謂賭石了。

整塊翡翠原石，深入到三四釐米左右的地方，就開始了翡翠原石中比較常見的「變種」，質地由玻璃種轉變成為冰種甚至還漸漸成為了豆種。這樣的翡翠原石開出來自己打磨成翡翠飾品，虧是不太會虧的，但要是去參賭的話，肯定沒有多少贏面。

「那你找出塊讓我心服口服的翡翠原石，讓我看看？」劉宇飛心裏，自然不會因為賈似道的一句話，就對自己的翡翠原石全盤否定。但是劉宇飛聽得進去多少，賈似道也不會去管他，反正該說的點到為止就成。

哪怕這個時候，劉宇飛堅持要用這塊翡翠原石去參賭，賈似道也不會有什麼意見。

「怎麼？是不是這裏的幾塊，都不如我這塊來得出色啊？」

看到賈似道低頭沉思著，似乎是不太容易下手挑選，劉宇飛臉上微微泛出一絲得意：「要是你真能選出一塊翡翠原石來，那我就成全你，不去搶你的風頭好了。」

說來說去，劉宇飛還是為自己找台階下而已。

賈似道不禁對劉宇飛淡淡地瞥了一眼，做了一個很無語的表情。倒是邊上的李詩韻，頗有些相信了劉宇飛的說法，問了一句：「小賈，如果你真要去參賭的話，不如咱們趁著下午的時間，找幾家客戶，去挑選一塊吧。至少也要挑選出一塊出色一點的。」

「呵呵，李姐，不用著急。」

賈似道說，「我心裏有數。」不過，話是這麼說，看著李詩韻那頗為關心的眼神，賈似道卻倍感溫暖。

「對了，劉兄，不如趁現在還閑著，你就再給我說說這賭場上的事吧！」賈似道轉移著話題，問了一句：「比如，這所謂的『殺嫩』，既然所有的賭注都被獲勝的人拿光了，那賭場的舉辦方，壓根兒就沒什麼盈利啊。」

這可是不符合一家賭場的規矩。

「呵呵，看來小賈你還是比較懂行的啊。」

劉宇飛笑著贊了一句，「你倒是適合去混跡『賭』這一行了……不過，你難道就沒想過，帶著翡翠原石參賭的人，畢竟是少數，圍觀的人才是主體。這些圍觀的人，自然也是可以押注的，賠率有大有小。這麼一來，參賭的人，恐怕沒有那些圍觀的人情緒高昂呢。而且，這裏的下注，賭注隨意，可以多一點，也可以少一些。沒有上下限。遠要比『相面』來得刺激多了。而且有時候帶著翡翠原石參賭而獲勝的人，所得到的翡翠原石，還可以當場拍賣。熱鬧的場面可就不是一般的賭場所能夠比擬的了。我昨晚就是為了想打聽一下，晚上都會有誰去參加『殺嫩』，才搞得半夜都沒時間睡覺呢。」

「既然是個這麼熱鬧的地方，難道就沒有人管？」賈似道說著，還用眼神示意了一下上頭。

「地方隱秘得很。」

劉宇飛說道，「基本上去的也都是行內的人。其他的一些賭客還是很少的。除非有熟人帶路，不然很難找到地頭。而且，幾乎每一次舉行，都會換一個地方。再說了，整個村都是他們的人，還能找不出一個適合賭博的地方來？」

「說的也是。」賈似道心裏琢磨著，要是不和翡翠一行沾邊的人，到這種賭場來，無非也就是圖個熱鬧，看個高興而已。即便是下注，恐怕也是玩玩的性質較多。這樣的人，自然是需要親戚、朋友擔保一下才能進入的。

就像賈似道，要是真想去這樣的賭場的話，勢必需要依靠劉宇飛的關係。再怎麼說，劉宇飛還是揭陽人呢。

不過，讓賈似道很難辦的是，這會兒，他的手頭除去玻璃種的藍翡翠之外，還真沒什麼可以拿得出手的翡翠原石。要說昨晚的四塊翡翠原石吧，個頭太大了，不符合參賭的要求。

唯一可行的，就是那半段的圓柱形翡翠原石了，只是內部的翡翠質地顯然不過關。切開來，小賺一筆是肯定的，但是，再添上一百萬，去賭一次大的恐怕就划不來了。

「劉兄，不如我們現在就去找幾家翡翠原石的店鋪看看？」賈似道摸了摸自己的鼻子，說道：「順便也為晚上的活動準備一下材料嘛。」

「你該不是真的準備，現在去找一塊翡翠原石，然後就去賭吧？」劉宇飛這會兒真的是有些吃驚了。

先前劉宇飛能說出那些話來，無非是看到賈似道身邊的幾塊翡翠原石都不符合要求，才說得有些肆意。不過看到賈似道現在頗為認真的表情，劉宇飛卻輕聲嘀咕了一句：「你小子真是一個瘋子！」一邊說，一邊搖了搖頭，然後，劉宇飛才苦笑著說：「小賈，不怕實話告訴你，要是有好的貨主，存著好的翡翠原石，你覺得，我會自己不去，然後等到這會兒了，再帶著你去看貨？」

說到這裏，劉宇飛那可憐兮兮的模樣，倒是惹來邊上的李詩韻「噗哧」一笑。

「小賈，你老姐我剛才說的，也是說說而已的。你沒必要當真吧？」李詩韻倒是想起，提出去看貨的建議，還是她剛說的呢。

「那是，李姐你的話，我自然要聽了。」賈似道說了一句，惹得李詩韻臉上頓時飛起兩朵紅暈。劉宇飛正準備裝著沒看見撇過頭去呢，賈似道一拍他的肩膀，說道：「走吧，隨便去一家兩家的，碰碰運氣唄。反正在這裏待著，也沒戲。」

說著，三個人一起出了別墅。臨走之前，劉宇飛猶豫了一下，最終還是把他的那塊翡翠原石給帶到了車上，說道：「先帶著吧。要是你沒看中合適的，也算是個後備材料！」

賈似道對此只是微微一笑，也不多說。反倒是劉宇飛自己，神色有些尷尬，似乎是知道賈似道看穿了他的用意一樣，乾脆直接發動了汽車，一路上有一搭沒一搭地說著，說的都是晚上賭場的事情。

比如說，八點開場，然後最開始的部分，是「相面」，投注的時間只有一個小時，九點到九點半，則是屬於揭曉答案的切石！中間還有幾分鐘休息的時間。至於「殺嫩」，一般來講，正式開始是十點鐘左右了。不過，帶著翡翠原石參賭的人，勢必需要事先做好準備，趕在眾人的前面。畢竟，十點鐘之後，都已經是圍觀的人投注的時間了！

賈似道一一記在心裏。而腦中，則是開始想像著「殺嫩」可能遇到的一些大場面。這時候的心情，頗有點類似於賈似道初入賭石一行的那種心情了，忐忑中又帶有著一絲自信。

渾然不覺，在他思索的時間裏，邊上的李詩韻一直在注視著他。

似乎這個時候的賈似道，給李詩韻的感覺，不再是一個「弟弟」了，在李詩韻的腦海裏，賈似道的身影也開始漸漸高大起來……

劉宇飛開著車，很快就到了市區，然後，一邊開車一邊打起了電話，不一會兒，小車駛進了一個看著頗為普通的社區。三個人一道下車，來到一戶人家門前。與其說是人家，還不如說是一個倉庫來得實在。

沒過兩分鐘，邊上就走來一個大腹便便的男子，臉上帶著淡淡的微笑，尤其是看著劉宇飛的時候，還特意點了點頭。不用劉宇飛介紹，賈似道就知道來的應該是貨主了。據劉宇飛說，人家在社區外也有一家珠寶店鋪。不過，因為有了劉宇飛的帶領，賈似道自然不用去店鋪那邊了。

跟著眼前的男子進入了大門，邊上忽然衝出一隻半人高的黑色大狗，向著幾個人瘋狂地咆哮著。狗忽然出現的瞬間，不光是李詩韻，就是賈似道也是心裏一驚。而李詩韻，更是緊張地靠在了賈似道的身上，一隻手還下意識地拉扯著賈似道襯衣的一角，臉上的表情萬分驚詫，一副敢看又不敢看的樣子，生怕那隻狗就這麼直接地撲了過來。

「小黑，一邊去。」中年男子輕斥了一聲，那狗倒是很快就偃旗息鼓，走了回去。不過，那耷拉著的腦袋，時而搖晃著「咕嚕」一聲，那沉悶的氣勢，還是讓人心有餘悸！

到了這會兒，賈似道才注意到，在大門邊上的牆角，就是一個頗為隱蔽的狗窩。如果不是開門走進來，只要這隻狗自己不叫喚的話，外面的人還真是難以察覺。

賈似道也算是去過不少的人家裏看翡翠原石了，諸如眼前這般的景象，雖然在情理之中，卻也委實少見。再仔細地看了一眼這隻黑狗，其外形倒是和藏獒有些相近，不過，大腹便便的中年男子自己不說，賈似道也不會多問。

倉庫裏存放著貴重的翡翠原石，不要說是一條狗了，就是留個人來看守，也不是什麼稀奇的事情。而且，自從看到這條狗之後，賈似道的心裏莫名地就對這一趟的看貨之行，充滿了信心。

不說一定能夠找到極品翡翠原石去參加晚上的「殺嫩」吧，至少應該可以淘到不錯的翡翠原石來。

「呵呵，幾位不用怕，小黑就是這模樣，看著有點凶而已，不咬人的。」中年男子回過頭，看到李詩韻還一副驚魂未定的樣子，不禁出言解釋了一句：「幾位這邊請！」

劉宇飛長長地舒了口氣，嘴裏卻說道：「我說王老闆，我來過好幾回了，但是每一次看到小黑，心裏還是有些害怕。牠真的不咬人？」

「只要你出來的時候，不抱塊石頭，一般牠是不會無故咬人的。」王老闆淡淡地說了一句。話語間，還有意無意地看了看劉宇飛身邊的賈似道和李詩韻。當然，那眼神在李詩韻的身上，下意識地多停留了一會兒。

只不過，他人就有些胖，眼睛又比較小，那瞇起眼睛來的效果，幾乎就像是在腦袋上的眼睛部位，刻意地嵌進去了一條線一樣，叫人看著覺得分外滑稽，卻又感覺有點陰森。

他恐怕是賈似道看貨以來，遇到的第一個模樣表情有些陰鬱的老闆吧。面對這樣的人，賈似道心裏琢磨著，在講價的時候，恐怕不會如預想中的那般順利了。

好在劉宇飛的樣子，和王老闆倒還是頗為熟稔的，賈似道回頭望了李詩韻一眼，嘴角不禁微微一翹。到了這會兒，李詩韻還頗有些擔心的注意著那條黑狗呢。他自然地拉起了李詩韻的手，然後隨著王老闆一起進到了倉庫裏。

外面是一道捲簾門，「轟」的一聲拉起之後，裏面就是一個大概十來平方米的空地，之後才是又一道鐵門。賈似道粗略地看了一眼鐵門，似乎非常厚重。待到走近了之後發現，那厚度怕不下於兩釐米吧？他不禁有些詫異地看了看劉宇飛，遞過去一個詢問的眼神：難道揭陽地區的倉庫都要如此小心防範？

「呵呵，王老闆的東西，存放得真是小心啊。」劉宇飛似乎是解釋，又似乎是有意地說給王老闆聽一樣。

「小心一些，總是好的。」王老闆樂呵呵地說了一句，「原石這玩意兒，不打開，誰也不知道個究竟，哪怕就是丟了一塊不起眼的，小劉以你的身家，自然無所謂了，我這小打小鬧的，可就心疼了啊。」

「王老闆，你還真是說笑了呢。」劉宇飛客氣一句，「在揭陽地區，誰不知道你王老闆的東西可都是老坑種的好貨色啊。這不，今天我的哥們，小賈，剛到揭陽，我第一個想到的就是帶他來你這裏，怎麼樣，王老闆，夠意思吧？」說著，他很大大咧咧地捶了王老闆的肩膀一下。

四個人一起走進鐵門之後，王老闆在門後的位置打開了電燈開關，雖然不是很亮，比起一般看貨時，貨主總是用昏暗甚至是有色的燈光來忽悠人而言，這倉庫裏的白熾燈，已經算是非常不錯的了。

「幾位隨便看看。」王老闆指著倉庫內的幾個鐵皮箱，「箱裏的石頭，價格要稍微貴一些，地面上的嘛……」

怎麼樣，王老闆不用說，大家也是心知肚明。尤其是賈似道蹲下身，察看了其中的兩塊之後，心中也就更加明朗起來。不是說地上堆放著的幾塊大大小小的翡翠原石質地很差，只不過就其表皮的表現而言，實在是算不上太出色。

因為賭石賭漲的機率本來就低，這些表現不好的翡翠原石，自然也就不受王老闆的重視了。

不過，如此一來，正合了賈似道的心意。或許這一次的賭石，可以在這些地面上堆放著翡翠原石中找到幾塊合適的。賈似道對李詩韻頗有些開玩笑似的說了一句：「李姐，你看這些石頭，表現雖然不是很好，但如果真能切出一塊質地好的來，可就賺翻了。」

「小賈，你該不是說笑的吧？」李詩韻在王老闆說話的時候，似乎就有些放棄這些地面上的翡翠原石了。

就是邊上的劉宇飛，對賈似道也是一副看好戲的樣子，說道：

「小賈，你就繼續在這裏做你的白日夢吧。以前我也存了你這樣的心思呢。結果，在這裏看了大半天，這些翡翠原石啊，估計和那些論斤賣的，差不了多少……」

「小劉，你這話可就不對了啊。」王老闆卻對劉宇飛的話頗有些不滿。「論斤賣的翡翠原石，我店鋪那邊也有，和這裏的一比，可就差遠了。怎麼說，這些翡翠原石都是老坑種的。要是論斤賣，我還不如自己全部切開來呢。」

「那王老闆你就全部切開來啊。」劉宇飛笑呵呵地說了一句，兀自走向鐵皮箱，動作很熟練地打了開來。頓時，裏面半開窗的、全賭的、甚至一些翡翠明料，都展現在幾個人的眼前。

李詩韻拉了賈似道一把，也緊跟著到了劉宇飛身後。

或許，三個人之間頗有些默契吧，為的就是尋找一塊「殺嫩」的翡翠原石，凡是見到那些大塊的，就忽視了。不過，就在賈似道如此尋找著的時候，劉宇飛卻忽然對一塊個頭較大的半開窗翡翠原石發起愣來。

「怎麼，看上這塊了？」賈似道不禁好笑地問了一句，「看上了，就認真看一下唄。」畢竟，賭石看貨的過程中，可是什麼樣的翡翠原石都能遇到的。要是錯過了機會下次再來，很難保證這塊翡翠原石還在這裏。

劉宇飛微微一笑，向賈似道露出一個歉意的眼神，然後開始了他自己的看石。賈似道和李詩韻繼續尋找著翡翠原石。期間李詩韻倒也看中了一塊兩塊，都是用來製作中檔翡翠手鐲的。

而賈似道卻是一無所獲。或許是這些翡翠原石的表皮表現太過明顯了，讓人一看心中就有了個大概，賭石的風險是稍微小了一些，而撿漏的機率同樣也減小了。

賈似道用自己的特殊能力隨意地探測了幾塊，大多都沒有翡翠出現，稍微好一些的，就是和表皮所能看到的一樣，有個冰種的質地，要是懂得砍價，收上手的話，的確是能賺不少。

但是，看王老闆那一副精明的模樣，賈似道還是決定不去動這些翡翠原石的心思為好。

畢竟這樣品質的原石，賈似道在平洲時就已經收了不少，並且已經打包回到了臨海。再過個一兩天，阿三就應該能收到貨了。

注意力回到地面上的那些翡翠原石上，賈似道動作比較快地察看著，翻看的順序也比較隨意，臉上的神色更是平靜。王老闆略微有些詫異地看了看賈似道，隨後，似乎是對於地面上的翡翠原石實在沒有多少信心一樣，轉而去和劉宇飛講起價來。

而李詩韻那邊，也興沖沖地找好了兩塊翡翠原石。其中之一，是一塊開過窗的，可以從切面看到裏面的綠意。雖然不是很濃翠，卻也屬於現在市場上比較脫銷的正綠色翡翠了。只不過，質地僅僅為冰種和豆種之間，想要充高檔翡翠來賣的話，還有些不夠級別。

不過，好在這僅僅是一個窗而已。李詩韻所需要賭的，就是裏面的翡翠質地，究竟是朝著冰種質變，還是向著豆種質變。

只要押對了，切開來之後，是冰種以上的質地，她就能賺上不少。相反，要是豆種，就需要考慮收購的價格了。

而另外一塊，個頭比較小，還是塊全賭的翡翠原石。李詩韻不時還會看幾眼賈似道那邊，或許，在她的內心裏，正琢磨著是不是可以收下這塊翡翠原石，幫賈似道一把呢。

畢竟，晚上參賭的時候，十公斤以內的限制，以她現在手上這塊翡翠原石，正好符合條件。

「對了，王老闆，這塊翡翠原石，是怎麼回事啊？」對於李詩韻表露出來的這些細節，賈似道只是放在心裏，兩個人通過這段時間的相處，尤其是在賭石的時候，漸漸也有了一些默契。不過，賈似道現在所指的這塊翡翠原石，看著的確怪異。要不是擺在這間倉庫裏，任誰看了，都不會覺得是塊翡翠原石。

「你說這塊啊。」王老闆看了一眼賈似道的手勢，心裏了然，說道：

「這塊玩意兒是我早些年囤貨的時候留下來的。當時我也沒注意，也不知道怎麼收上手的。放在這邊也有些年頭了，其他同時期的翡翠原石，幾乎都被人收走了，而這一塊愣是沒什麼機會出手。上回被人問起的時候，還是在去年。有個買家想要以三萬塊錢的價格收過去。我考慮了一下，最終還是沒狠下心來放手……不過，你可別看這塊原石表皮的表現不怎樣，東西卻絕對是老坑種。」

這最後一句，算是給賈似道提個醒。即便東西沒人願意收，但價格要是低了的話，他還是寧願選擇繼續壓著貨，不出手。

至於那三萬塊錢的出價故事，究竟是不是真的，還有待考證。做翡翠原石買賣的人，雖然比不上古玩行裏的人，隨口就能說出一個故事來，但是精明卻絲毫不下於前者。

賈似道打量了一下眼前的這塊翡翠原石，它的位置靠近鐵門的邊上，挨著牆角。要不是現在賈似道正對著門口的位置，恐怕還發現不了。原石的個頭不是很大，呈現很普通的橢圓形。正面非常光滑，就像公園裏的石凳。而除去正面之外，其他地方卻又是如同被淋上了瀝青一樣，凹凸不平不說，顏色也分外深邃。這樣的表皮，哪怕就是拿著強光手電筒，也是無濟於事！

就第一眼看到的判斷而言，這塊翡翠原石不可能切出高綠的翡翠，而且，成為廢料的機率絕對要遠遠超過切出翡翠來。難怪擺在這裏好幾年都沒有脫手。

到了翡翠原石的跟前，賈似道用手輕輕地摸了摸，感覺很一般。回過頭來看了一眼王老闆，他只是淡淡地看著賈似道，眼睛瞇得很小，表情很平靜，壓根兒就看不出他的心思來。

倒是劉宇飛看著賈似道的舉動，露出了一些笑意，說道：「我說小賈，你該不是看不上其他的翡翠原石，所以故意找一塊邊角料來充數吧？」

「哦，劉兄，莫非你也看過這塊原石了？」賈似道心裏一動，好奇地問道。

「那是自然的。」劉宇飛說道，「不光是我，就是其他前來這邊看貨的人，也應該看過這塊翡翠原石了。在前兩年，王老闆也還都跟人介紹過來著。不過，從去年起，似乎王老闆就不怎麼推銷這塊翡翠原石了……」

最後一句話，語氣拖得稍微有些長。

王老闆聞言，訕訕一笑，說道：「的確是這樣。以前吧，我還琢磨著，可以把這塊翡翠原石給高價出手了。畢竟，同批次的那些原石，可都是賣了不錯的價錢。我想，這一塊原石表面上雖然不怎麼樣，但是整塊原石的賭性還是頗高的。誰料到，愣是沒人能看中。」

「既然王老闆對這塊原石這麼有信心，怎麼不自己切開來看看呢？」賈似道問道。

「這個……」王老闆猶豫了一下，轉而看了看劉宇飛。

「呵呵，小賈，是這樣的。」劉宇飛跟著解釋了幾句，賈似道這才明白過來，敢情王老闆自己並不是很懂翡翠原石，更別說仔細察看判斷翡翠的真實價值了。

就在這個時候，李詩韻倒是和王老闆談起了交易。

什麼翡翠原石地表皮處有松花啦，表層部分的紋理不是很細膩啦，說出來的話，都是一套一套的，讓人聽著，還真是找不出什麼破綻來。

「聽到了吧，人家這才叫高手。」賈似道不無打趣地說了劉宇飛一句。

「這就是高手？」劉宇飛眯起眼睛，打量了兩個人一會兒，嘀咕了一句：「還真是說得有模有樣的……」轉而回過頭來，玩味地打量著賈似道：「我說小賈，這回可夠你受的了。」

「什麼意思？」賈似道愕然。

「你想啊，找了個這麼能說會道的女朋友，可見，你單身的大好日子，算是走到頭嘍。」劉宇飛一邊說，一邊還頗為喪氣地搖了搖頭。

「行了，別老說我們了，八字還沒有一撇呢。」賈似道嘀咕了一句。

「小賈，我可和你說，別看王老闆對於察看翡翠原石不是很在行，但是，他察言觀色的眼力，卻是這個。」說著，劉宇飛很認同地豎起了大拇指。

「不用你說，我也看出來了。」賈似道點了點頭，問了一句：「剛才砍價的時候，吃虧了？」

「也算不上吃虧吧。」劉宇飛歎了口氣，「價格講不下來。這不，空手而歸了。要是你那位也和我一樣的話，咱這回就算是白來一趟了。」

「呵呵，這可說不定哦。」賈似道說著，也不去管李詩韻和王老闆，轉而看起了邊上的這塊翡翠原石。

說起來，賭石一行和古玩一行，還有著一些不同的地方。比如很多經營翡翠毛料的老闆，自己根本就不懂原石，但是他們可以根據翡翠原石的進價，按照一定比例把出手的價格提高，從而賺取不少利潤。

而古玩一行，別看很多店鋪裏的老闆、夥計，忽悠人的時候一套一套的，真實情況是，他們中的絕大多數人也不過是懂得一些皮毛而已，足夠吹噓就可以了。真要是懂行的話，也就沒有必要自己開家小店鋪了，直接在古玩市場淘換著，獲得的利益也要比開店來得高很多。

「我說小賈，你還真對這塊石頭來興趣了？」看到賈似道的舉動之後，劉宇飛出言詢問。眼神中，泛著些許不可思議。

「先看看，如果價格便宜，就衝是老坑種的料，也可以賭上一賭。順帶著也滿足一下王老闆的心願嘛。」賈似道笑呵呵地答了一句。

當然，這樣的話，劉宇飛是絕對不相信的。賭石的人，要是在做生意的時候，還存著這樣的善良心思的話，估計早就虧得沒錢吃飯了。聽完賈似道的話，劉宇飛很不屑地嘀咕一句：「這裏還滿地都是老坑種呢，你怎麼不全部收下來？」

「嗯，倒是可以考慮考慮。」賈似道一邊說，一邊還露出了大有深得吾心意的模樣。頓時劉宇飛很無語，乾脆走到一邊兀自察看別的翡翠原石去了。

對賈似道而言，在賭石的緊張過程中，偶爾和劉宇飛這樣的好友鬥鬥嘴，也是個不錯的消遣！

再看眼前的翡翠原石，賈似道先是在光滑的部分，用特殊能力感知探測了一下，質地是非常細密，可惜的是並沒有出現翡翠的質地，完全就是石頭的質地。而隨著感知力漸漸地往下滲入，這種細密的質地，忽然間也消失了，轉而出現在賈似道的腦海裏的，是一片粗糙感。

賈似道不禁心裏訥然：莫非這塊原石，還真就是一塊廢料？

在翡翠原石的內部，都出現瀝青般的質感了，無疑說明，整塊翡翠原石的下半部分，有可能全部是瀝青的質地了。那種時而堅密，時而又很鬆散的感覺，讓賈似道幾乎都要放棄用特殊能力去感知了。

看著這塊翡翠原石，上面的光滑細膩部分，只占了兩成左右的厚度，實在是玄之又玄。賈似道不甘心，讓自己的感知力滲透得更快一些。在約莫過了一大半的厚度時，終於，那種斑駁不堪、參差不齊的感覺開始逐漸消失，轉而出現的是一種前所未見的質地感覺。

當賈似道的精神力一點點地接觸著、滲透著，然後把這種感知回饋到大腦中時，就如同是在撫摸著純白的牛奶一般，很滑膩，很純粹，用賈似道此時的腦海中驀然間升騰起來的遐想來說，就像是摸著李詩韻的手……

而這樣的質地感，一直延續了很久，當賈似道完全探測完這塊翡翠原石時，心情還久久不能平靜。究竟原石中可以切出什麼樣的翡翠來，賈似道自然不敢確定。但是其價值，哪怕就是無色的，都足夠讓賈似道心動不已了。

整塊翡翠原石光滑部分朝上，底下則稍微寬一點點，因為表現並不好，才會朝下。而就在翡翠原石的底部部分，大約有整塊翡翠原石的五分之一的厚度，竟然是出現細膩感知的翡翠部分。

當然，這些厚度還要算上翡翠與一般的石質相交接的部分，原石是立狀的，翡翠部分則是橫向平臥著。這麼一來，翡翠部分的體積就比較樂觀了。

第十章

青花瓷

整只瓷盤，口徑不大，屬於青花瓷盤。
盤裏的紋飾，描繪著一條飛龍，
飛龍活靈活現，非常輕靈、細緻。
口沿部分，繪有風帆鼓起的船隻及滿倉的貨物。
這是一隻專門為外銷而特製的清代青花盤。

看到李詩韻和王老闆的交易結束，李詩韻的臉上洋溢著淡淡的紅暈，賈似道不禁會心一笑。而李詩韻，剛好在那一剎那，很有默契地回頭對著賈似道露出一個燦爛的笑容。

「怎麼樣？」走到李詩韻這邊，賈似道小聲詢問了一句。

「你老姐我出馬，自然是把原石給拿下來啦。」李詩韻邊說著還對賈似道比劃了一下，先是做了一個二十的數字，隨後又比劃了一個三。應該就是二十萬和三萬塊錢了。賈似道轉頭看了看李詩韻挑中的兩塊翡翠原石，心裏琢磨著，就外表來看，倒還真是值這個價錢。

而王老闆看到劉宇飛正在挑選翡翠原石，當下就靠了過去。賈似道便偷偷地握了握李詩韻比劃著的手，惹來李詩韻一個大大的白眼，卻沒有把手給抽回去。

對於賈似道這種含蓄的心意，即便李詩韻已經過了浪漫的年紀，依然還是頗為受用的。看著李詩韻臉上那種由內而外會心散發出來的雍容，倍顯誘惑，幾乎讓賈似道忍不住要親她一口了。

只是，賈似道和李詩韻這邊正柔情蜜意呢，劉宇飛那邊卻顯得有些鋒芒畢露。也不知道是怎麼回事，似乎劉宇飛的砍價，再次失敗了。那頗有些沮喪的表情，明顯就是價格砍不下來。

看到這裏，賈似道忽然轉頭，湊到李詩韻的耳邊，小聲地說了一句：「李姐，你該不是在砍價的時候，用了美人計吧？」

「你才用了美人計呢。」李詩韻沒好氣地把手給抽了回去，作勢還要捶賈似道幾下，然後才說道：「不過，我覺得王老闆還是比較好說話的啊。我把原石的一些缺點，都給一一指了出來，然後，再把價格一個勁地往下壓，就成交了。」

「就這麼簡單？」賈似道疑惑地看著李詩韻。

「就這麼簡單。」李詩韻也很認真地點了點頭。隨後她小聲地和賈似道說了翡翠原石都有哪些缺點，正是她先前和王老闆之間砍價時候的說法。賈似道倒是從這番話中尋摸出一些門道來。

李詩韻口中所謂的原石的缺點，有的正確，有的不正確，壓根兒就是李詩韻自己認為的缺點。要是換一個深諳賭石之道的商人站在她的面前，她可能會被反駁得連壓價都不敢。

而王老闆，卻因為自己並不太懂察看原石，兩個都不是很懂行的人站在一起砍價，一些錯誤的觀點難免會有些誤打誤撞。而且，從李詩韻的話語中，王老闆要是足夠精明的話，肯定也會聽出部分錯誤的觀點。這樣一來，就給了王老闆李詩韻不太懂翡翠原石的假像。

那麼，她所看中的翡翠原石，在王老闆自己的心底裏，也會隨著不斷的砍價，而下降一個檔次。這在賈似道看來，實在是有些啼笑皆非。

而劉宇飛則和李詩韻不同。一來，王老闆心裏已經認定了劉宇飛是個賭石的高手了，劉宇飛所看中的東西，自然是價值頗高的。這樣的話，在王老闆的認知裏，哪怕劉宇飛把原石說得再怎麼表現不好，王老闆也不會太過相信。

這一番比較下來，反倒不如李詩韻這般胡打瞎鬧，偶爾出現一些小錯誤，容易砍價一些了。

賈似道想著想著，嘴角就微微上翹，突然對李詩韻說了一句：「謝謝李姐。」然後，就朝著王老闆那邊走過去。惹來李詩韻用很是莫名其妙的眼神，打量著賈似道。怎麼突然之間就說謝謝了呢？

「劉兄，交易得怎麼樣了啊？」賈似道也許是出於看熱鬧的心理，人還沒靠近呢，就打趣了一句。劉宇飛不禁遞了一個很無奈的眼神。隨後，賈似道便也緊跟著歎了口氣，說了些沒什麼好的翡翠原石的話。

賈似道有意無意地提了一句先前看到的那塊醜陋的翡翠原石，尤其說了王老闆自己說過的，去年有人出價的那件事，再突然問了一句：「王老闆，那你當時的心理價位是多少啊？」

王老闆雖然在這個時候，頗為詫異地看了賈似道一眼，倒也說了一句：「十萬塊吧。這麼大的一塊原石，又是老坑種，要價十萬並不貴。」

對此，賈似道心裏已經有底。不過，想來以王老闆的精明，這十萬塊錢的價格，肯定是頗具水分的。一番交涉下來，似是而非地說了些翡翠原石的缺點，再加上以前來過的商人們並不看好這塊原石。最終，價格定在了五萬。

賈似道和劉宇飛一起，費了好大的力氣，才把整塊翡翠搬到了汽車的後車箱裏，至於李詩韻的那兩塊翡翠原石，倒是不重。壓根兒就不需要劉宇飛打幫手，兩個人很容易就完成了搬運工作。

當然，在此之前，李詩韻可是千叮嚀萬囑咐的，要王老闆先把門口的那條黑色大狗給拉到一邊去。

因為賈似道準備用來晚上參與「殺嫩」的翡翠原石並未找到，再看看時間，也還算早。劉宇飛和賈似道一琢磨，就準備去下一個貨主那邊看看。這也是三個人事先就打算好的。

由於李詩韻身上並未攜帶二十來萬現金，所以幾個人就一起去了趟銀行，等待李詩韻進行轉賬。有了劉宇飛這個中間人的擔保，王老闆也放心賈似道幾人先把翡翠原石給搬到車上去。

「小賈，你看，那邊就是王老闆的店鋪。」站在銀行門口，劉宇飛微笑地用手指了指斜對面，還真是有一家珠寶店。

尤其讓賈似道注意的是，在珠寶店的邊上，似乎也都是同行的店鋪。賈似道不禁就問了一句：「劉兄，莫非這一段路是經營翡翠生意的？」

「這倒不是。」劉宇飛還沒說話，王老闆和李詩韻已經完成了轉賬工作，來到賈似道的邊上，接口道：「翡翠珠寶之類的，只是其中的幾家而已，其他的大多是一些古玩店。怎麼，莫非小賈你還對古玩有興趣？」

「呵，這個王老闆你可就不知道了。」劉宇飛笑嘻嘻地說了一句，「小賈可是古玩行家呢。你說是吧，小賈？」這最後一句，自然是對著賈似道說的。

「別聽劉兄瞎說，我也就一個初學者而已。」賈似道很是實實在在地說了一句。

不過，看王老闆的神色，卻是不太相信。對此，賈似道也沒什麼好辯解的，倒是李詩韻已經知道了賈似道在古玩上的興趣愛好，不禁提議道：「不如我們就去那邊逛逛吧。」

說起來，真要在一個下午的時間裏，找到合適去參加「殺嫩」的翡翠原石，不要說是李詩韻和劉宇飛了，就是賈似道自己，也沒有十足的把握。

找到極品的翡翠還在其次，重要的是參賭的原石有著個頭大小的規定。這讓賈似道感到，自己似乎有些無所適從了。

「好吧！反正也是閑著，不如就去那邊看看。」聽了李詩韻的話，賈似道不禁點了點頭。邊上的劉宇飛聞言燦爛一笑，賈似道的想法，正和他不謀而合。此時的劉宇飛眼神還有意無意地瞥了一眼自己的後車廂。

在那裏，還靜靜放著他那頗為期待的那塊翡翠原石！對於「殺嫩」這種賭法，劉宇飛內心也是十分嚮往的！

四個人一起，先是進到了王老闆的店鋪參觀。他這家的整個店面格調比較樸實，沒有什麼華麗的裝飾。翡翠飾品大多是一個類型一個類型地放置在一起，並沒有特意區分出好壞來。

觀看了一會兒，劉宇飛就不耐煩了，攛掇著賈似道去邊上的古玩店逛逛。拗不過劉宇飛，加上賈似道自己對古玩也很有興趣，他當即和李詩韻打了個招呼，就跟著劉宇飛一起，在王老闆的陪伴下，走向了路邊的古玩小店。

揭陽古玩市場的店鋪，規模大小基本上是一樣的，風格建築十分統一，沒有特別另類的風格。

這裏的擺設不少，賈似道隨意地挑選了幾件來看看，看完之後只能暗暗搖頭

苦笑，這裏的店鋪似乎比較新，所以裏面的東西也有點新。

此外，就是一些價值不高的古代錢幣，或者是一些舊書，偶爾也會出現幾家專門經營木質傢俱的，老闆倒是說得頭頭是道。但是，就連劉宇飛都能看出，這些木質傢俱，和一般傢俱市場上的商品頗有些類似，賈似道自然更不敢恭維了。

反倒是王老闆跟隨著兩個人一起，只是看看，也不多說。偶爾遇到幾個相熟的古玩店老闆就寒暄幾句，一副只是陪同、並不準備看東西的架勢。到了最後，劉宇飛很乾脆地問了一句：「我說王老闆，你就帶我們去幾家有好東西的店鋪吧。不然，就這麼一路走著，純粹是浪費時間。」

「也好。」王老闆不禁點了點頭。

哪怕他自己不懂行，畢竟也是在同一條街道上開店的，對於其中的門道多少還是能知道一些的。

「對了，最好找幾家出售軟玉類的。」劉宇飛跟在後邊補充了一句。

「呵呵，小劉的心思，恐怕整個揭陽地區的人都知道了。」說話間老闆的臉上還帶著一份促狹的笑意，倒是讓劉宇飛有些尷尬起來。

幾個人一起進入了一家格局小的店鋪，剛好在轉角的位置，店面的位置倒是比較出眾。賈似道打量了一下門面，上面掛著一個「海洋古玩店」的牌子，雖然直白，卻也讓人琢磨不出究竟是什麼意思。要說一般的古玩店，名字弄得都挺雅致的，不是什麼齋，就是什麼軒、什麼閣之類的。或者，就乾脆來個「某某記」。

不用去看店內的東西，光是聽著名字，就讓人浮想聯翩。但是，這「海洋古玩店」，究竟是出售和海洋有關的東西，比如珊瑚、珍珠，又或者是海域中打撈出來的玩意兒呢？

微一停頓，劉宇飛和王老闆，就先一步進到了店鋪之中。賈似道心裏尋思，既然是王老闆帶領著進去的，應該能淘換到一些好東西吧？

果然，就在賈似道邁進門檻之後，就可以感受到這家古玩小店與先前所看到的那幾家不同。要說出售舊錢幣的古玩店，東西的擺設屬於混亂不堪，那麼，眼前這一家，倒是顯現出一份古玩店所應該有的那種底蘊來。

只見店裏四壁的格架上東西很多，放得卻很整齊，讓人一目了然。整個店鋪居中的地方，靠牆放置著一張紅木的舊方桌，以賈似道粗淺的眼力就可以看得出來，是清代的工藝，偏向於嶺南一帶的風格，顯露出一份清秀。方桌之上，擺放著一副茶具，像是紫砂，很齊全。此外，就是最靠裏的地方，還有個閣台，正有一位年輕人在整理著東西。

整個十幾平方米的空間裏，頗有些別致、雅氣。

就連劉宇飛，都下意識地點了點頭。這才有點古玩店的感覺啊。他回頭和賈似道對視了一眼，兩個人會心一笑。

「小王啊，快出來招呼一下，我可是給你帶生意來了。」王老闆對著那年輕男子笑呵呵地說了一句。其實，就在賈似道他們剛進入到店內的時候，那年輕男子就已經抬起頭來打量了一下，只不過，手上的東西還沒來得及放下而已。

這會兒，隨著王老闆的說話聲，他很殷勤地走出了閣台，先是和王老闆笑著打了聲招呼，才對著賈似道兩個人說道：「兩位想要淘換點什麼？」看到賈似道和劉宇飛兀自在看著四壁格架上的東西，便輕聲說了一句：「兩位不妨先看看，隨便看，有啥喜歡的說一聲，我可以拿下來，給兩位上上手。」

這說話的語氣，即便不是行家，至少也是在行裏混過幾天的。

「嗯，我看我還是坐著歇會兒吧。」劉宇飛很快就打量了一圈，結果發現，軟玉類的擺件倒是有一個，是白玉的彌勒佛，個頭不大，而且顏色還有些發渾，明顯質地不太好，就興致索然地坐到了舊方桌邊上。

倒是賈似道，覺得眼前的這些玩意兒還真有些看頭，起碼不全是那種一眼假的東西，又或者是大路貨。這裏的東西大多都是海撈的，長時間浸過水。不過，這一點對於瓷器類而言，影響並不大。

雖然在瓷器的收藏上，賈似道只能算個新手，但一般的眼力還是有的。店鋪的年輕老闆，自然也看得出，三個人中，似乎就只有賈似道是潛在的客戶，約莫過了一兩分鐘的時間，看到賈似道看罷一圈了，才笑著詢問了一句：「這位怎麼稱呼？應該是個內行吧？」

問話間，眼神還大有深意地瞥了下王老闆，見到王老闆微微一點頭，他臉上的笑容似乎更盛了一些。

「我只能算是個初學者。」賈似道訕訕地回了一句。對於小王老闆的話，要是賈似道回答不是行家的話，搞不好，他會拿出贗品來給賈似道欣賞，這可不是賈似道希望的。

要不是遇到了行家的話，這些古玩小店中的老闆，壓根兒就不會拿出真正的好貨來。

當然，在他們眼中的好東西，有時候也值不了幾個錢，而且，大多數時候，也是打眼居多。但至少，從他們認可的東西裏挑選自己喜歡的東西，拿到真東西的機率，要比外面擺著的高上許多。

聽到賈似道謙虛的回答之後，小王也不客套，直接從四壁的格架上拿出一隻瓷盤來，詢問道：「不妨先來說說這只盤，如何？」

這麼一來，不光賈似道，就是王老闆和劉宇飛，也來了精神。兩個人都瞪大了眼睛，等待著賈似道的解說。一時間，賈似道倒是有些騎虎難下的感覺了。

好在，以賈似道的眼光，應付一下古玩店老闆，自問還是足夠的。

尤其是在瓷器上，賈似道可是認真研究過很長時間的。談不上精通，但是簡單的特徵，包括每個朝代都有哪些珍品以及鑒別的時候都有什麼注意事項，也還真的能說出個子丑寅卯來。

讓小王把盤給放到方桌上，賈似道再小心接過手來，仔細地把玩了起來。

整只瓷盤，口徑並不是很大，大概在十五釐米左右，底徑大概有十釐米，屬於青花瓷盤。再看盤裏面的紋飾，盤中描繪著一條飛龍，飛龍比較活靈活現，而且非常輕靈、細緻。再看口沿部分，繪有風帆鼓起的船隻以及滿倉的貨物。

不用說，這是一隻專門為外銷而特製的清代青花盤。

賈似道一邊看一邊把自己的見解一一說了出來：「整只盤胎體比較輕薄，著色比較豔麗，富有層次感。上面的紋飾圖案非常規整，使得整個畫面極具感染力，應該是典型的清三代時期的青花瓷。」

說完賈似道還有意無意地看了小王一眼。看到對方臉上讚賞的表情，賈似道心裏不禁了然，又特意補充了一句：「據你這古玩店的店名來看，這東西應該是從海裏打撈起來的吧？聽說，最近東南沿海一帶海域有不少類似的瓷器出水。想必，你的這只瓷盤就是其中的一件。」

聽到這裏，小王老闆終於忍不住一笑，對著賈似道豎了豎大拇指，說道：「還真看不出來，果然是個大行家。來，請坐。」那殷勤的模樣，倒是和先前那番想要考究賈似道功底的態度截然不同。

連帶著，就是劉宇飛和王老闆看著賈似道的眼神，也微微變了變。

王老闆還特意地贊了一句：「小賈，敢情你先前一直謙虛呢。」隨後，語氣一頓，才接著說道：「不過，小王這裏還真是如你所說的那樣，是專門經營海底貨的。而且，東西很大部分都是真品。即便是我這樣不懂行的人，偶爾看到喜歡的也會淘幾件回去。至於這價格，想必，小王也不會故意虧了我們不是？」

說著，還對著小王眨了眨眼，順帶著，還意有所指地瞥了眼劉宇飛。

「可別這麼看我，我對於這些東西，還真是不太喜歡。」劉宇飛自然明白王老闆想要讓他也趁機收幾件的意思了。不過，除去碧玉之外的古玩，劉宇飛在花錢的時候，可就不那麼大方了。

對此，賈似道還在邊上打趣了一句：「劉兄，就是因為你對其他的東西沒什

麼興趣，才要你在這邊收幾件玩玩的嘛。」說話間，賈似道倒是給劉宇飛指示了一下，格架上的一件東西。劉宇飛看了一眼，卻發現是一隻帆船。當然，不是碧玉的，卻是一件燒製的瓷器。

「呵呵，幾位可以慢慢看。來，我給幾位泡壺茶。」小王站在邊上，看著互相打趣的三人，不禁一樂。來看貨的這麼些人中，像賈似道三位現在這般的，實屬少見。他說：「我叫王煒堅，大學學的專業是考古，不過，我的業餘愛好可就比較廣泛了，潛水、登山，經常會找一幫人一起去，認識的人也就多了。所以，這小店裏的東西，除去一些海撈貨之外，倒是還有不少石頭。」

「這麼說來，你這『海洋古玩店』的店名，可就有些名不副實了啊。」賈似道在邊上笑呵呵地說了一句。小王也不介意。說起來，小王和賈似道、劉宇飛因為年紀相近，所以說話沒有那麼客套講究。

尤其是賈似道對於瓷盤的鑒別，顯然是通過了王煒堅的考驗，王煒堅倒也沒有拿一些似是而非的專業術語出來糊弄人。

古玩一行就這樣，對於有能力的買家，大多是比較客氣的。

「對了，小賈，你說那玩意兒真的有點意思？」暫且不管王煒堅在沏茶，劉宇飛指了指賈似道先前示意的那件東西，說道：「不過，我怎麼發現，這東西的色澤和其他邊上的一些瓷器有點不太一樣啊。」

「呵呵，好眼力。」賈似道還沒說話呢，王煒堅倒是贊了一句：「這東西是我從一個朋友那邊淘換過來的，可不是海撈貨。不過，小賈對吧，對於這東西的具體來歷，我自己也不是很清楚。當初淘換的時候，只是看著還不錯，就用了一個民國的小碗給換過來的。不如，你給我們說說？」

賈似道笑笑道：「其實我也不是很清楚，就是以前在書上看到過。具體的稱呼，應該是叫筆船。最早的瓷筆船出現在唐代，當時用來將毛筆橫臥其上，一般是兩枝一船，故稱之為雙筆船，就像是現代的文具盒一樣。只是使用起來非常不便，漸漸就被筆筒給取代了。如今存世的應該不多，如果是明青花的雙筆船，可就更加珍貴了。」

「那眼前這一隻雙筆船，是明青花的？」賈似道這麼一解釋，劉宇飛倒是來了點興趣。就是王煒堅，看著這只雙筆船眼神也多了份期待。

「東西的確是明朝的，也屬於青花瓷，只不過……」賈似道淡淡地搖了搖頭道，「距離珍品還是有點距離。」

說著賈似道走到格架邊上，伸手把雙筆船給取了下來，仔細地察看了一番，才把東西擱置在舊方桌上，示意劉宇飛也看看。只是，劉宇飛左看右看，對於這

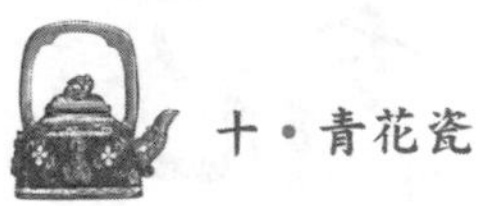

玩意兒還著實是不太懂。眼眸一轉，對王煒堅說道：「王老闆，不如你開個價，合適的話，我就帶回去玩幾天？」

「行！」王煒堅倒爽快，「反正我淘換過來的那口小碗，撐死了也就萬把塊錢。既然小賈你懂行，不如，就請小賈來給這東西估個價，怎麼樣？」

「呵呵，你倒會做生意啊。」賈似道不禁苦笑。要是王煒堅自己開價的話，隨便他怎麼說，如果價格高了，劉宇飛可以不要。現在，若由賈似道嘴裏說出口，一來，價格肯定不能太過便宜，虧了王煒堅；二來，以賈似道和劉宇飛的關係，一般情況下，只要賈似道開口了，劉宇飛自然不會抹他面子，會爽快地收過去。這麼一來，倒是讓賈似道感覺到有些兩難了。

「小賈，你就開個市場價吧。」劉宇飛心裏一琢磨，也就明白了王煒堅的小算盤，對賈似道不禁笑呵呵地說了一句：「如果真的太貴的話，只能說明，我和這東西無緣！」

「也好。既然你們倆都這麼相信我，那就兩萬塊錢吧。」賈似道尋思了一下，話一說出口，王煒堅和劉宇飛兩個人，臉上的笑意都還挺濃的。

劉宇飛尋摸著自己應該小賺了一筆，不管怎麼樣，既然是賈似道介紹的東西，總不會昧著良心讓他打眼？而王煒堅則是覺得，這一進一出，就賺了萬把塊錢，自然是非常值得了。要知道，他先前所說的那口民國小碗，值一萬多塊錢，也只是一個虛價而已。

一時間，兩個人看著賈似道的眼神，都比較讚賞。當下，劉宇飛也不推脫，立馬付了兩萬塊現金，完成了交易。也不用王煒堅打包，他直接在手裏把玩著雙筆船，還特意問了賈似道一句：「對了，小賈，你說這東西真的是明朝的？」

「嗯，如果我的眼力沒錯的話，應該是萬曆年間的。說起來，這筆船也算是青花瓷了，只是色不是很好，有點可惜了。不過，兩萬塊錢，還是值得的。」賈似道解釋了一句，一邊還給了劉宇飛一個「你賺了」的眼色。

劉宇飛自然是心裏高興。

就在此時，賈似道的目光卻忽然注意到王煒堅最先站著的格台角落裏，格架交會最底下的地方，還擺放著幾塊石頭。

王煒堅數完鈔票之後，注意到賈似道忽然不說話了，不禁問了一聲：「小賈，莫非你看中了那幾塊石頭？」

「呵呵，還是先看看再說。」賈似道一邊說，一邊走近了觀察。其中有一塊是純粹的花崗岩，上面佈滿了裸露出來的雲母，這些雲母組合起來之後，所構成的圖像有點像是一隻游泳的魚，也算是大自然的造化神奇了，難怪王煒堅會收著這塊石頭。

另外有幾個小塊的石頭，其中之一是一塊籽玉，尤為顯眼。賈似道放在手裏掂量了一下，還特意用特殊能力感知了一下，感覺還不賴。不過，因為外在表現不錯，估計若想收下的話，勢必要花不少錢。

果然，就在賈似道剛放下手裏籽玉的時候，王煒堅就開口說道：「小賈，這塊籽玉算是我這店鋪擺出來的東西中最貴的。你要是有興趣的話，我給你個市場價如何？前段時間有人想出這個數，我都沒捨得呢。」說著給賈似道比劃了一個十的數字。

「我還是算了吧。」賈似道聳了聳肩，苦笑著說：「對了，這兩塊是翡翠原石嗎？」

「哦，你說邊上的這兩塊比較醜的石頭是吧？」王煒堅看了一眼賈似道所指的，「這的確是翡翠原石。」

王老闆訕訕一笑道：「小賈，這兩塊翡翠原石如果你看上的話，倒是可以收過去。」

賈似道卻看到王老闆那眯成縫的一對小眼中，對這兩塊翡翠原石所流露出來的輕蔑之色。想來，王老闆也看不上這兩塊原石。

「這東西是怎麼來的啊？就只有兩塊嗎？」賈似道一邊察看著，一邊詢問。

「自然是我買過來的。」王煒堅實話實說道，「不過，我自己壓根兒就不懂賭石，上次和朋友一起去陽美，隨便花了五千塊錢，就收上來了。回來之後，也曾找了幾個懂行的人來看，這才知道，這兩塊翡翠原石的表現都不太好……」

「所以，你就不敢切出來對不對？」賈似道伸手按在其中一塊翡翠原石上，用特殊能力感知了一下，隨即心頭一動，很快他默不作聲地就放下了，轉而開始注意起另外一塊稍大一點的原石。他沒有進行很認真的觀察，只是很直接地用特殊能力感知探測了一番，卻皺了皺眉頭。

這截然不同的表現，讓賈似道心裏微微有些猶豫。

王煒堅察言觀色之後，也認為賈似道對這兩塊翡翠原石的表現不看好。臉上也露出了無奈的神情，說道：「不是不敢切出來。這賭石吧，就在於不知究竟才值錢，一旦切開來後，十有八九都會輸。要不然，小賈你來試試？」

「我來幫你開？」賈似道不禁露出一個頗為好笑的表情。不過，對於王煒堅所說的，倒是頗為認同。心裏也很詫異，這樣一個年輕的古玩店老闆，竟然能夠如此清醒地看待賭石。要知道，這裏可是賭石盛行的揭陽啊。

「當然不是。」王煒堅訕訕一笑，說道：「只要你出個七千塊錢，這兩塊翡翠原石就歸你了。自然是你想怎麼試就怎麼試了。」說完，王煒堅的臉上，還掛著淡淡的笑意。

雖然他剛才已經說過，這兩塊翡翠原石，在賭回來的時候是五千塊錢，並且表現還不太好。而這回出手就是七千塊的價格，說起來眉頭都不皺一下，相當乾脆，似乎從中賺取兩千塊錢天經地義一樣。

「小賈，在古玩店裏賭石，可不少見。不如，你就成全一下人家吧。」也許是自己買了一件東西，劉宇飛的表情，看上去還頗有些促狹。說不定，這會兒在他的心中，正盼著賈似道收了原石之後，直接賭垮了。

「好吧，六千塊錢，我要了。怎麼樣？」賈似道咬了咬嘴唇，狠下心來說道：「要知道，我第一次賭石的時候，就是在古玩店裏，還很幸運地小賺了一筆。希望這一次也能擁有好運氣。」說著，賈似道的腦海裏，頓時浮現出第一次在「周記」賭石的場面來。

「成交！」王煒堅一拍雙手，很爽快地就答應了下來。

反倒是這個時候的王老闆，嘴角微微一翹，說了一句：「你小子，又被你給賺到了。你要是再這麼精明的話，下次我可就不敢帶人來你店裏了。」

「哦，王老闆，這話怎麼說？」趁著賈似道付錢的時間裏，劉宇飛好奇地問了一句。

「這小子嘴裏的話，你們只聽一半就對了。」反正賈似道和王煒堅之間已經是完成了交易，王老闆倒是拆起台來，說道：「那兩塊翡翠原石，真實的價格，恐怕就只有兩千塊錢出頭吧。」

「嘿嘿，小賈，看不出來，你在賭石上也有吃虧的時候。」劉宇飛聞言，心裏一樂，轉而拍了拍王煒堅的肩膀，說道：「小王，幹得不錯。像這樣的大戶，就應該狠狠地宰上一頓。」

王煒堅看了看賈似道，一時間，倒是有些訕訕的，不知道說什麼好了。反而是賈似道臉上的表情很淡然，而心裏的思緒卻飄得很遠，誰吃虧還不一定呢，晚上的「殺嫩」自然會見分曉。

出了「海洋古玩店」，王煒堅還跟在賈似道的邊上，笑著說：「小賈，以後要是有時間的話，就多來看看。特別是你想要什麼海撈貨的話，事先和我說一聲，一般情況下，只要不是要那些絕世精品的話，我還是有些門路的。對了，你要是看到什麼好的和田玉，也可以給我招呼一聲，我對那玩意兒還是比較有興趣的。」

說著，王煒堅還很隆重地遞給了賈似道一張名片：「要是下次來，看到我這裏關門，就直接給我電話。除非進山區沒信號了，不然，一般情況下，我的手機都是能接聽的。」

賈似道也不客氣，回敬了對方一張。劉宇飛也在王煒堅的邀請之列。年紀相仿的同行中人，在古玩界這一行當裏，還真是不太多。再說，三人之間的談話也還算愉快，又做成了一筆生意。即便以後沒有什麼生意上的往來，多一份人脈關係總歸是一件好事。

末了，王煒堅還誓旦旦地說，過一陣就有一次海撈行動，並邀請賈似道兩個人去親眼看看。賈似道心裏雖然嚮往之極，但是考慮到自己在揭陽的翡翠公盤之後，還有許多事情需要處理，像王彪介紹的翡翠銷路生意，和果凍小姨說好的瓷器的修補，恐怕要忙得不可開交了，嘴裏也只能客氣地應了一聲：「還是等以後有機會吧。」

反倒是劉宇飛對王煒堅所提出來的海撈充滿了興趣。

三人回程，賈似道手裏抱著一塊翡翠原石，老闆也幫著抱一塊，而劉宇飛的手裏，則拿著他的那件雙筆船，只有王老闆對手中的翡翠原石充滿了疑惑。

劉宇飛則對手中的東西有些愛不釋手。不過，在看到賈似道臉上那淡淡的笑容之後，很好奇地問了賈似道一句：「小賈，你還真的覺得這兩塊翡翠原石能賭漲？要知道很多人可都失望而回啊！」

「能不能賭漲，我不知道。不過，幾千塊錢，總不至於讓我虧慘了吧？」賈似道頗為好笑地應了一句。

「說的也是。」劉宇飛覺得，這樣價格的翡翠原石，真要是切出翡翠來，哪怕只有一點點，也足夠撈回全票了。即便全部虧了，也不過才六千塊錢而已。轉而又問起了他手中的雙筆船的真實價值。賈似道不禁笑著搖頭說了一句：「應該能賣到三四萬的價格，不過，你真要瞭解這東西的價值，還是自己去查一查資料比較好。」

回到王老闆的店鋪之後，李詩韻還在欣賞店鋪裏的翡翠擺件。猛一看到賈似道手中的翡翠原石，尤其是這翡翠原石的大小正好在十公斤範圍之內，不禁眼睛一亮，興沖沖地到了賈似道的身邊，輕聲問了一句：「小賈，剛收的？」

看著李詩韻那俏麗的臉龐近在眼前，賈似道覺得自己的心跳有些加速，他很快掩飾了一下自己的心情，答道：「嗯，兩塊都是我收下的。不如李姐你也幫忙看看？」

李詩韻聞言，倒是很認真地察看了一番，只是，隨著她觀察的深入，眉頭也越來越緊皺在一起，隨後看了一眼賈似道，眼神中自然有頗多不解。

賈似道燦爛一笑，也不解釋，不禁惹來李詩韻一個沒好氣的白眼。

眼看著時間不早了，劉宇飛提議先去陽美村。要是晚飯趕得早的話，還能趁著傍晚這段時間，在陽美看幾家翡翠原石。於是三人便和王老闆告別。因為路途並不算遠，劉宇飛開著車，幾個人很快就到了地頭。

先是聯繫上了王彪，同來的自然還有劉芳。

而劉宇飛作為東道主，非要請幾人一起吃頓飯。在飯桌上，說起晚上的活動，王彪也有所耳聞，現在劉宇飛這麼一提，自然是準備同去了。不過，王彪也說了，他就是想去參加一下「相面」的賭注而已，再順便參觀一下「殺嫩」的遊戲。

再一看時間，六點左右，距離晚上賭場八點的開場，還有兩個小時。

本來，在路上的時候，劉宇飛就聯繫好了一家貨主，不過賈似道卻在此時詢問了一句：「王大哥，你今天看貨，都有什麼收穫啊？」

王彪樂呵呵地一笑，說道：「要是兩位有興趣，又沒什麼事情的話，不妨先去看看我收上來的貨，順便，我也對小劉準備的那塊原石有些好奇呢？」

「好啊。」這邊劉宇飛還沒說什麼，李詩韻已經高興地搶先回應。

就在幾人準備一道去王彪的存貨地點，洪總自家的一個小倉庫的時候，劉宇飛卻說了一句：「那個，你們先走一步吧，我馬上就到。反正我也知道地方的。」

「劉兄，你該不會是臨時有什麼事吧？」賈似道不禁好奇地問了一句。

劉宇飛訕訕一笑，也不解釋什麼，只是聳了聳肩，就一邊打著電話，一邊開車先走一步。對此，賈似道不禁很無語。反倒是王彪，似乎明白了什麼，拍了拍賈似道的肩膀，笑呵呵地說：「走吧，他很快就會跟上來的。」

「不是吧？」賈似道詫異地看了王彪一眼，說道：「王大哥，你連這個都能看得出來？」

四人一起，一邊說著，一邊悠悠地逛向目的地。而王彪聽了賈似道的話之後，嘴角微微一笑，眼神在自己和賈似道的身上，先是來回打量了一眼，然後，緊接著就瞟了眼跟在後面的李詩韻和劉芳。

這麼一番暗示下來，賈似道才發現自己有些後知後覺了。敢情，現在的四人，在劉宇飛的眼裏，那叫一個出雙入對。他一個人跟著，自然是不太好意思。

賈似道心裏一樂，真是沒有發現，劉宇飛這樣一個看上去大大咧咧，頗為瀟灑的人，竟然還有著這般細膩的心思。不過，轉而一想，人家這麼年紀輕輕的，就有了如此身家，要是沒有點察言觀色的工夫，壓根兒就不用在賭石行裏混了。

等再一次見到劉宇飛的時候，他的身邊已經跟著一位女人了。劉宇飛很大方地介紹了一句：「這位是師師，大家認識一下。」

賈似道只能在背地裏給劉宇飛豎了豎大拇指。說起來，這位叫師師的女人，長相的確不賴，而且，從對方的口音來判斷，應該是本地人。這麼一來，這兩個人之間究竟是不是臨時的搭配，可就教人好一番琢磨了。

洪總自家的倉庫裏，堆放著的翡翠原石還不少。王彪的原石只是放在一個角落裏。賈似道興沖沖地第一個上前察看了起來，其中最大的一塊，體積算是較大的。應該有兩百來公斤的樣子，表皮是比較出眾的白椒鹽，隱隱可以透過強光手電筒看到一絲綠意，而且綠得頗為純粹，雖然顏色稍微有點深，但是水頭應該是差不了的。

賈似道不禁對著王彪點了點頭，說道：「王大哥果然不愧為行家啊。」

等到劉宇飛拿出了他的那塊翡翠原石，王彪鑒定了之後，他眉頭一皺，試探性地說了一句：「小劉，雖然我不是很清楚『殺嫩』的遊戲規則，但是，就這塊翡翠原石的表現來看，勝出的機率不高啊。沒必要再賠上一百萬！」

哪怕對「殺嫩」再不熟悉，但是除去翡翠原石之外，一百萬的賭金，王彪還是瞭解的。

「王大哥，你也這麼說？」劉宇飛心裏更沒底了，看了看邊上的賈似道，說道：「唉，小賈也是這麼說來著。難道今晚我們就不參加『殺嫩』了嗎？」

那話裏的意思，倒並不在意翡翠原石，反而更在意「殺嫩」的這次機會。

賈似道不禁一陣苦笑。或許在劉宇飛這樣的人看來，這百來萬的賭注，他恐怕並不放在眼裏啊。

請續看《古玩人生》之五　天價爭鋒

【附錄】

兩岸主要古玩市場・市集地址

台灣古玩市場・市集地址

台北市建國假日玉市：北市仁愛路、濟南路及建國南路高架橋下

台北市光華假日玉市：新生北路與八德路口

台北市三普古董商場：台北市新生南路一段十四號

台北市大都會珠寶古董商場：台北市中山區松江路二九一號地下一樓

新竹市東門市場：新竹市東區中正路一〇六號

台中市立文化中心周遭：英才路、美村路、林森路、公益路、金山路和民生路等地段

台中市第五期重劃區：大隆路、精明一街、精明二街、東興路和大業路等地段

彰化：彰鹿路

高雄市：廣州街、廈門街、七賢三街、中正路、大豐路等

大陸古玩市場·市集地址

北京古玩城：北京市朝陽區東三環南路廿一號
北京潘家園舊貨市場：北京市朝陽區華威里十八號
上海國際收藏品市場：上海市江西中路四五七號
天津古物市場：天津市南開區東馬路水閣大街三十號
天津古玩城：天津市南開區古文化街
重慶市綜合類收藏品市場：重慶市渝中區較場口八二號
廣東省深圳市古玩城：廣東省深圳市樂園路十三號
廣東省深圳華之萃古玩世界：廣東省深圳市紅嶺路荔景大廈
江蘇省南京夫子廟市場：江蘇省南京市夫子廟東市
江蘇省南京金陵收藏品市場：江蘇省南京市清涼山公園
浙江省杭州市民間收藏品交易市場：浙江省杭州市湖墅南路
浙江省紹興市古玩市場：浙江省紹興市紹興府河街四一號
福建省白鷺洲古玩城：福建省廈門市湖濱中路
福建省泉州市塗門街古玩市場：福建省泉州市狀元街、文化街及鐘樓附近
河南省洛陽市西工古玩市場：河南省洛陽市洛陽中州路
河南省洛陽市潞澤文物古玩市場：河南省洛陽市九都東路一三三號

湖北省武昌市古玩城：湖北省武昌市東湖中南路

四川省成都市文物古玩市場：四川省成都市青華路三六號

遼寧省大連市古玩城：遼寧省大連市港灣街一號

遼寧省瀋陽市古玩城：遼寧省瀋陽市瀋陽故宮附近

黑龍江省哈爾濱市馬家街古玩市場：黑龍江省哈爾濱市南崗區馬家街西頭

吉林省長春市吉發古玩城：吉林省長春市清明街七四號

山東省青島市古玩市場：山東省青島市昌樂路

河北省石家莊市古玩城：河北省石家莊市西大街一號

山西省平遙古物市場：山西省平遙縣明清街

山西省太原南宮收藏品市場：山西省太原市迎澤路

陝西省西安市古玩城：陝西省西安市朱雀大街中段二號

安徽省合肥市城隍廟古玩城：安徽省合肥市城隍廟

甘肅省蘭州古玩城：甘肅省蘭州市白塔山公園

雲南省昆明市古玩城：雲南省昆明市桃園街一一九號

江西省南昌市滕王閣古玩市場：江西省南昌市滕王閣

貴州省貴陽市花鳥古玩市場：貴州省貴陽市陽明路

湖南省長沙市博物館古玩一條街：湖南省長沙市清水塘路

古玩人生 之4 後生可畏

作者：鬼徒
發行人：陳曉林
出版所：風雲時代出版股份有限公司
地址：105台北市民生東路五段178號7樓之3
風雲書網：http://www.eastbooks.com.tw
官方部落格：http://eastbooks.pixnet.net/blog
Facebook：http://www.facebook.com/h7560949
信箱：h7560949@ms15.hinet.net
郵撥帳號：12043291
服務專線：(02)27560949
傳真專線：(02)27653799
執行主編：劉宇青
美術編輯：許惠芳

法律顧問：永然法律事務所 李永然律師
北辰著作權事務所 蕭雄淋律師

版權授權：蔡雷平
初版日期：2016年10月
初版二刷：2016年10月20日
ISBN：978-986-352-368-0

總 經 銷：成信文化事業股份有限公司
地　　址：新北市新店區中正路四維巷二弄2號4樓
電　　話：(02)2219-2080

行政院新聞局局版台業字第3595號 營利事業統一編號22759935

國家圖書館出版品預行編目資料

古玩人生／鬼徒 著. -- 初版-- 臺北市：風雲時代，
2016.08 -- 冊；公分

ISBN 978-986-352-368-0（第4冊；平裝）

857.7　105012837